Marrom e Amarelo

Paulo Scott

Marrom e Amarelo

5ª reimpressão

ALFAGUARA

Copyright © 2019 by Paulo Scott

Grafia atualizada segundo o Acordo Ortográfico da Língua Portuguesa de 1990, que entrou em vigor no Brasil em 2009.

Capa
Alceu Chiesorin Nunes

Imagem de quarta capa e capa
Sem título (2015, Brasil), de Sidney Amaral, guache.

Preparação
Fernanda Villa Nova

Revisão
Clara Diament
Luciane Helena Gomide

Os personagens e as situações desta obra são reais apenas no universo da ficção; não se referem a pessoas e fatos concretos, e não emitem opinião sobre eles

---

Dados Internacionais de Catalogação na Publicação (CIP)
(Câmara Brasileira do Livro, SP, Brasil)

Scott, Paulo
  Marrom e Amarelo / Paulo Scott. – 1ª ed. – Rio de Janeiro : Alfaguara, 2019.

  ISBN: 978-85-5652-091-3

  1. Ficção brasileira I. Título.

19-27902   CDD-B869.3

Índice para catálogo sistemático:
1. Ficção : Literatura brasileira   B869.3
Cibele Maria Dias – Bibliotecária – CRB-8/9427

[2022]
Todos os direitos desta edição reservados à
EDITORA SCHWARCZ S.A.
Praça Floriano, 19, sala 3001 — Cinelândia
20031-050 — Rio de Janeiro — RJ
Telefone: (21) 3993-7510
www.companhiadasletras.com.br
www.blogdacompanhia.com.br
facebook.com/editora.alfaguara
instagram.com/editora_alfaguara
twitter.com/alfaguara_br

Ao meu pai

O funcionário que me acompanhava se adiantou, abriu a porta sem pedir licença, entrou e fez sinal pra eu entrar também. Fiquei diante daqueles oito desconhecidos que aguardavam por mim, aqueles oito que faziam parte da comissão idealizada pelo novo governo pra achar uma solução adequada, candidata a ser uma das tantas soluções adequadas equivocadas do novo governo, pro caos que, de súbito, tinha se tornado a aplicação da política de cotas raciais pra estudantes no Brasil, país sonâmbulo, gigante ex-colônia da coroa portuguesa na América do Sul, rotulado mundo afora como o lugar da harmonia étnica, da miscigenação que tinha dado certo, lugar onde a prática de homens brancos estuprando mulheres negras e mulheres indígenas tinha corrido solta por séculos e, como em quase todas as terras batizadas de O Novo Mundo, tinha sido assimilada, atenuada, esquecida, onde, no século xx, nunca ninguém ousou, ao menos não a sério, promulgar lei escrita que proibisse negro de se juntar com branco, branco de se juntar com indígena, indígena de se juntar com negro, país número um isolado no ranking das supostas democracias raciais do planeta, estandarte dum tipo de cordialidade única, episódica, indecifrável, que os desavisados generalizavam como sendo a incomparável cordialidade brasileira. Sem aguardar que eu ou um dos oito falássemos qualquer coisa, o funcionário começou a me apresentar, errando logo de cara, como várias pessoas desatentas também erravam, o meu primeiro nome, me chamando de Frederico, e não Federico, mesmo tendo diante dos olhos a folha A4 onde estava impresso em fonte Arial tamanho catorze um breve currículo com o meu nome na grafia correta, currículo que ele, desconsiderando a existência dum troço chamado Wikipédia, só podia ter montado a partir de notícias que catou sem qualquer critério na internet. Informou que eu tinha sido um dos idealizadores do Fórum Social Mundial de Porto Alegre, que era um importante pesquisador das temáticas da hierarquia cromática entre peles, da pigmentocracia e sua lógica no Brasil, da perversidade do colorismo, das políticas compensatórias e sua incompreensão pelas elites, que assessorava ONGs no Brasil, na América Latina e no mundo afora, que eu tinha sido consultor da Adidas, sim, da Adidas, a famosa empresa de produtos esportivos de alta performance fundada na Alemanha, ele teve o desatino de enfatizar, como se fosse o ponto alto da minha biografia, e pensei em interrompê-lo, explicar que nunca tinha sido consultor da Adidas porcaria nenhuma, que só intermediei o contato duma agência que fazia publicidade pra eles com artistas do grafite de rua de Brasília pruma série de vídeos feitos pra rodar no Vimeo, no YouTube, no Instagram, ação inspirada numa velha campanha produzida nos Estados Unidos nos anos mil novecentos e oitenta em torno do slogan skate não é crime, mas acabei não interrompendo, deixei que prosseguisse pro bem da minha pressão arterial de homem de quarenta e nove anos mantida sob controle à base de Naprix cinco miligramas ingerido todos os dias pela manhã e último indicado pelo ilustríssimo senhor novo presidente da República pra integrar aquele grupo de pretensos notáveis, e quando chegou ao fim, não sem antes aplicar de leve um tapinha de boa sorte nas minhas costas, ele, o funcionário que errou o meu nome, se retirou.

Sentei na cadeira mais próxima ciente de que os oito esperavam de mim algo que justificasse minha chegada nos minutos finais daquele primeiro encontro. Na minha cabeça, no entanto, o que prevalecia era o desconforto causado pela distância da minha cadeira às cadeiras deles, as oito aglutinadas à extremidade oposta da mesa oval gigante, e também o contraste da minha camiseta skate freestyle XXL com a cara do Ice Blue dos Racionais MC's estampada bem grande no peito, da calça Drop Dead cor laranja costurada com linha azul-marinho que eu estava vestindo e do tênis Rainha VL Paulista preto com cinza todo detonado, e nada aleatório, que eu estava calçando em relação às roupas deles, e a minha desconfiança canina em relação a eles, e os flashbacks emergindo e se emaranhando na minha cabeça. A conversa que a minha mãe teve comigo e com o meu irmão Lourenço quando eu tinha sete anos e ele seis pra tentar diminuir a perplexidade desencadeada nele pelos insultos saídos das bocas sujas de três coleguinhas bastardinhos do pré-escolar, coleguinhas que, logo no segundo dia de aula, xingaram ele de saci, picolé de piche, gorila Maguila, porque numa brincadeira de pega-pega no recreio ele não se submeteu aos comandos deles como uma criança brasileira considerada negra, no código civil imaginário das crianças brasileiras consideradas brancas naquele ano de mil novecentos e setenta e três, deveria se submeter, as pregações da minha mãe, que passaram a acontecer com frequência ainda naquele ano de setenta e três, porque eu, querendo confrontá-la, querendo responsabilizá-la pela diferença que antes não existia daquela forma agressiva na minha vida e na do meu irmão, diferença que passou a se repetir nas frases saídas das bocas não dum trio de capetas irrelevantes da pré-escola, mas de outros alunos, de alguns funcionários e possivelmente até de alguma professora mais descuidada daquele lugar, frases sobre não sermos irmãos de verdade, irmãos de sangue de verdade, sobre um de nós ser adotado, mesmo ele respondendo e eu respondendo, como crianças respondiam entregando tudo que lhes pertencesse, sim, a gente é irmão de verdade, porque, no padrão dos que perguntavam, no padrão de Porto Alegre, no padrão do Brasil daquele ano de setenta e três, eu, de pele bem clara, cabelo liso castanho bem claro puxando pro loiro, era considerado um branco, e ele, o meu irmão, de pele marrom escura, cabelo crespo castanho-escuro beirando o preto, embora com o mesmo nariz adunco e médio largo que o meu e a mesma boca de lábio superior fino e lábio inferior grosso que a minha, era considerado um negro, querendo perguntar pra ela de qual raça a gente era, e ela responder que cores e raças não importavam, que no carocinho éramos todos iguais, e eu insistir, então, sem dar a mínima pro fato de que nas certidões de nascimento lavradas no Tabelionato da Segunda Zona de Registro Civil de Nascimentos, Casamentos e Óbitos de Porto Alegre, nos critérios notariais praticados na década de mil novecentos e sessenta no extremo sul do Brasil, tanto eu quanto ele estávamos registrados como sendo de cor mista, ela garantir, quem sabe dizendo pra si mesma em pensamento que aquilo dum filho sofrer um tipo de violência que o outro filho jamais sofreria talvez fosse uma puta sacanagem, uma puta rasteira do destino, garantir em fala que seria repetida muitas vezes não só naquele ano de setenta e três, mas por toda minha infância, que éramos negros, que a nossa família, ela, de pele clara, cabelo liso castanho, meu pai, de pele escura, menos escura que a pele do meu irmão, cabelo preto bem crespo, o meu irmão e eu, éramos uma família negra, o meu aniversário de sete anos, quando a minha tia, a irmã da minha mãe, apareceu com os dois filhos, considerados brancos pros padrões de mil novecentos e setenta e quatro e pras décadas seguintes também, e com um primo deles, um metidinho a galo, todo orgulhoso da sua branquitude ali na festa de gente escura, um que tinha a minha idade, que, num momento de ruído na dinâmica de crianças se entrosando numa festa de aniversário, me elegeu seu oponente e ficou dizendo que, apesar daquele meu cabelo lambido, clareado do sol, o cabelo do meu pai era carapinha, era pixaim, e só servia pra limpar o barro da sola do sapato do pai dele, que era branco e tinha cabelo loiro de verdade e liso de verdade, o que me fez aguardar o término da série de brincadeiras da fase crianças que se entrosaram numa festa de aniversário, quando todas estivessem cansadas, entediadas ou distraídas, aguardar o momento em que ele, o metido a galo, acabaria se descuidando e se afastando da área de observação e resgate dos adultos, pra me aproximar e, igual a todos os filmes de terror a que eu já tinha assistido nos três canais da tevê daquele tempo, levar as mãos até o pescoço dele, prensá-lo contra a parede e começar a esganá-lo, grunhindo vou te matar, depois meu pai vai matar o teu, e só não levar o estrangulamento a consequências mais graves porque meus dois primos, alguns anos mais velhos do que eu, mas de porte físico menos avantajado do que o meu, se agarraram nos meus braços, me obrigando a interromper a única reação que me pareceu justa, a de acabar com aquele guri, acabar com qualquer branco que falasse mal do meu pai, um início de feriadão, e o meu pai se preparando pra sair de casa até o campo de futebol do Parque Municipal Ararigboia, onde ia disputar um torneio quadrangular entre times da polícia civil e da polícia militar, e minha mãe pedindo pra ele me levar junto, e ele dizer que não dava porque ia ser um torneio bastante tenso, como costumava ser bastante tensa a relação entre as duas polícias, e além do mais não ia ter quem cuidasse de mim, e ela dizer que tinha certeza de que ele ia encontrar uma solução, e ele ficar contrariado, mas acabar cedendo ao pedido dela, e no Ararigboia ele, o meu pai, descobrir que o treinador do seu time não pôde comparecer porque teve uma crise de cálculo renal e estava medicado em casa e que ele era o único com tino suficiente pra ficar na vaga de técnico, que pelo regulamento do torneio não podia ficar desocupada, e me deixar com quatro caras que já estavam vestidos com o uniforme do time enquanto ele ia resolver as pendengas de substituição do nome do técnico que não apareceu e da inclusão do novo jogador, o que entraria no seu lugar, na ficha de inscrição e na pré-súmula, e do mais alto entre os caras uniformizados, um branco meio careca, logo depois do meu pai se afastar na direção da outra lateral do campo, perguntar esse guri é mesmo filho do Ênio, um dos outros três responder é parecido com o Ênio, os outros dois ficarem em silêncio, o mais alto branco meio careca insistir mas é branco demais, um quinto cara fardado com o mesmo uniforme deles surgir por trás de mim e em seguida perguntar pros outros temos novo contratado no time, depois, sem me dar tempo de reação, perguntar qual teu nome, e eu responder que era Federico, tentando olhar pro rosto dele, mas tendo dificuldade porque ele estava na direção de onde vinha a luz do sol, e o cara alto branco meio careca dizer que eu era o filho do Ênio, e o recém--chegado dizer bah, que legal, um gurizão forte, igual ao pai, e passar a mão pesada na minha cabeça dizendo bah, Federico, tu tá com jeito de quem vai ser zagueiro moedor de centroavante, olha a grossura das pernas desse piá, cambada, tô botando minhas ficha em ti, e sair na mesma direção do meu pai, e d'eu voltar a atenção pro cara alto branco meio careca, e o cara alto branco meio careca, com um sorriso de peixe morto, ficar olhando pros outros três enquanto coçava o queixo e, em microintervalos frenéticos, ficar olhando pra mim também, o dia duma semana em que faltou água por cinco dias na Zona Leste de Porto Alegre atingindo a rua onde a gente morava, e meu pai nos levando, pela terceira noite seguida, até um dos prédios onde trabalhava como perito da polícia civil, onde enchíamos dois galões com água potável e tomávamos banho, e era tarde da noite, e eu e meu irmão estávamos excitados, um excitamento que vinha do fato de não termos água em casa pelo quarto dia seguido, de ser tarde, por volta das onze da noite, mas que vinha também da discussão, tipo de discussão sem motivo que costumávamos ter naqueles dias daquela fase irmãos que se enfrentam, discussão que começou com um vou tomar banho primeiro, que teve como resposta um não, mas não vai mesmo, tu já tomou banho primeiro ontem e antes de ontem, hoje eu é que vou na frente, discussão que se alongou e que no momento da saída do meu pai do banheiro já tinha virado empurrões e ofensas, eu atacando meu irmão com vai se foder, neguinho burro tapado de merda, e ele contra-atacando com vai tomar no teu cu, bicha-louca sarará recalcada, meu pai empregava a palavra recalcado quando queria se referir aos negros de pele mais clara que alisavam o cabelo e tinham pavor mortal de ser apontados como negros mulatos, reconhecidos como negros por quem não fosse negro, e aquilo acabou sendo o suficiente pra que ele deixasse a toalha molhada de lado, agarrasse nós dois pela gola das camisetas e nos levasse até a sala de treinamento e musculação daquele prédio da polícia civil, um miniginásio onde além dos aparelhos de malhar tinha um ringue de piso almofadado pra combates de judô e pugilismo, acender as luzes, fazer a gente subir no ringue, pegar uma corda de pular dizendo que se a gente queria brigar então ele ia fazer a gente brigar, atirar dois pares de luvas próximo dos nossos pés, mandar a gente vesti-las, dizer que se a gente não lutasse, e enquanto lutasse não continuasse ofendendo um ao outro, ele ia nos surrar com aquela corda, eu olhar pra ele, pedir desculpas, ele dizer pra eu não pedir desculpas pra ele, dizer que eu, sendo o mais velho, era o que tinha de dar exemplo, mandar a gente vestir as luvas duma vez e se abraçar, ficar de rostos colados um no do outro, pegar a corda e nos amarrar apertado dizendo que íamos ficar ali grudados um no outro pra pensar no que levava um irmão a depreciar o outro irmão como a gente estava fazendo, apagar as luzes do miniginásio e sair, trancando a porta a chave, voltar vinte minutos depois pra nos encontrar desamarrados, deitados no piso do ringue, um ao lado do outro, a manhã duma quarta-feira quando um cara da minha turma da oitava série, um cara tímido e bom aluno com quem eu até me dava bem, sem que ninguém percebesse, colocou duas bananas na mochila duma colega no intervalo das aulas, e ela, uma das raras estudantes negras daquela escola, ao voltar pra sala acompanhada de outras duas colegas, percebendo que a mochila não estava na posição e no lugar onde tinha deixado, abriu o zíper e encontrou o saco de papel pardo com as frutas dentro, saco de papel onde se via escrito com pincel atômico EXPRESSO ZOOLÓGICO, e uma das que a acompanhavam gritou ai, meu Jesus do céu, e ficou repetindo zoológico, bananas, que horror, que desumanidade, que falta de respeito, desfazendo qualquer chance da situação passar despercebida pelo resto da turma, cara que acabou desmascarado porque era da seleção de basquete do colégio e eu também era da seleção de basquete do colégio, e no dia seguinte, antes de começar o treino, quando cheguei no vestiário pra trocar de roupa, surpreendi ele se vangloriando pra dois outros alunos, dois que faziam parte da seleção de handebol, que treinava no horário anterior ao nosso, com certeza os dois mais mentalmente perturbados da equipe de handebol, a equipe mais mentalmente perturbada de todas as equipes da escola, e quando um deles perguntou sobre ela feder muito ou pouco foi que notaram a minha presença, se dando conta de que eu estava lá fazendo nada além de escutá-los, e eu não dar satisfação, e treinar como se nada tivesse acontecido, e no dia seguinte, tomado por uma frieza absoluta, ir até a sala do vice-diretor da escola e delatá-lo, o que resultou na suspensão dele da escola e na minha exclusão sumária do círculo dos atletas-durões da equipe de basquete pela maior parte dos caras da equipe, maior parte que passou a me chamar de traíra-dedo--duro e a me boicotar de todas as formas até que, dois meses depois, eu, que era um dos mais casca-grossas daquela merda de círculo dos atletas-durões da seleção de basquete da escola, desistisse dos treinos e desistisse do basquete, um sábado de outubro de mil novecentos e oitenta e dois em que menti pros meus pais e até pra Bárbara, com quem eu começava a desenvolver um relacionamento que podia ser classificado como sendo namoro de escola, que ia de carona com outros dois colegas de escola pra casa da família dum deles em Gramado e que ia voltar no domingo à noite, quando na verdade fui sozinho de ônibus pra Caxias do Sul pro Cio da Terra, um evento que estava acontecendo nos pavilhões do Parque de Eventos Festa da Uva e que tinha sido divulgado pelos organizadores como o primeiro encontro livre da juventude gaúcha, um festival de artes e debates onde não ia ter censura, não ia ter repressão sexual, não ia ter polícia, não ia ter milico carregando fuzil e enchendo o saco, e lá me juntei a uns caras que acabei conhecendo na rodoviária pra rachar uns garrafões de vinho, umas cucas, uma peça de queijo da colônia e umas pernas de salame de porco, matar a sede, a fome, e depois me separei, fiquei circulando entre os grupos de pessoas espalhados pelo parque, escutando os shows de longe, observando, tentando aprender o que aqueles hippies todos mais velhos do que eu sabiam e eu ainda não, e só na hora do show do Ednardo, lá pelas três da manhã, resolvi me aproximar pra assistir, ficar a uns cinquenta metros do palco, absorvido pelos versos da letra, até, quase no final da apresentação, um homem branco duns cinquenta anos, meio em transe, passar falando, em loop, não tô vendo a juventude negra aqui, e eu, negociando com a sobriedade que naquele ano foi o padrão da minha vida sem graça, alterada só um pouco pelas loucuras de Bárbara, seguir atrás dele, mantendo distância, falando também não tô vendo a juventude negra aqui, circulando e reproduzindo a frase, mesmo depois dele, ao perceber que tinha um guri mala seguindo seus passos, ter desistido do transe, da circulação e da fala.

Uns me encaravam, outros olhavam pros visores dos seus celulares, provavelmente dando Google no meu nome, sondando o que pudessem sondar a meu respeito, já que eu não tinha figurado junto deles na lista de nomeação publicada às pressas no *Diário Oficial da União* na semana antes pelo novo governo, na lista que foi repassada pra imprensa, na lista que em tese devia aplacar os ânimos dos alunos negros, indígenas e brancos em conflito nas universidades do país, mas que, depois foi constatado e divulgado em todas as mídias, acabou tendo efeito idêntico ao de jogar gasolina numa fogueira. E então me senti pronto pra dar mostra parcial dos fantasmas que ocupavam meus pensamentos, fantasmas que foram também as vezes em que me senti constrangido por ser quem eu era, educado sob a ideia de ser duma família negra, ideia que virou minha identidade, e moldado num fenótipo brutalmente destoante daquela identidade, dois fatores que, combinados, me expulsaram pra sempre das generalizações do jogo esse é preto esse é branco, me dando um imenso não lugar pra gerenciar, fantasmas que me fizeram ser, inclusive na acachapante miopia do novo governo, a pessoa adequada pra estar ali.

Não guardei na memória o que eu disse no início da minha fala, mas lembro quando, depois duns minutos, percebendo nos olhares deles que, feito eu, não tinham muita certeza do que estavam fazendo naquela comissão, atalhando a ritualística da primeira interação, respirei fundo, disse que eu só estava autorizado a me apresentar diante dos oito porque teve um dia, um implacável dez de agosto de mil novecentos e oitenta e quatro, que, apesar dos anos que se passaram, continuava girando dentro da minha cabeça, turbilhão num eterno tempo presente, um dia em que testemunhei e vivenciei, como nunca tinha testemunhado e vivenciado, toda a covardia da hierarquização das cores de pele praticada no Brasil, toda a covardia dum massacre psicológico, dum distúrbio psíquico de larga abrangência social, que não ia acabar tão cedo, um dia que tinha me deixado louco por um bom tempo, mas depois tinha me feito reagir com violência e depois com alguma lucidez. Foi quando os oito começaram a me escutar.

Sentado aqui neste banco de madeira do tipo pranchão, dos que ainda se veem em salões de festas de igreja nos bairros da periferia, pela primeira vez nesses anos todos, percebo com clareza que é medo o que sinto deste lugar, o Bondinho's, mais conhecido como o Xis do Bodinho, o trailer de lanches no terreno da esquina da avenida Bento Gonçalves com a Humberto de Campos, a rua do colégio estadual onde estudei até a sexta série do fundamental, onde tomei tapão na orelha, cascudo na mufa, empurrão-patrola, passa-pé mangona, kichute nas costas, serrote no pescoço, no recreio, na saída da aula, nas festas da escola, onde tomei duas surras, surras que, em perspectiva, deviam ter sido grandes momentos do meu aprendizado sobre a fragmentação do moral pré-adolescente na trajetória geral da adolescência, mas que, além da dor física, não me ensinaram nada, muito menos sobre estar na posição de quem é derrotado, de quem não consegue evitar a chuva ácida da humilhação por não ter conseguido ser rápido e hostil o suficiente, onde tomei espetadas com pontas de lápis, que às vezes quebravam e ficavam cravadas na carne do antebraço, onde fui atingido por uma bexiguinha batizada com mijo sem ter como reagir porque o cara que atirou estava com mais cinco outros caras e ainda segurando uma faca serrilhada na mão, olhando direto no meu olho e mandando eu arremessar duma vez contra ele o tijolo que eu estava segurando ou dar meia-volta e sumir dali naquele segundo se não quisesse morrer ou ficar aleijado, onde descontrolado derrubei um guri na base do mata-cobra, onde, muito mais por susto do que por técnica, dei uma varrida certeira num outro que do nada me chamou de galego filho duma puta, golpe que fez ele se desequilibrar, cair de cabeça e ficar desacordado por uns segundos. Tenho medo não por causa do Bodinho, o Fernando, proprietário do trailer, que é um cara amistoso, gente fina, como gente fina também são as duas funcionárias dele, a Salete e a Mara, não por causa do trailer ficar neste terreno do lado sul da Bento Gonçalves, o lado barra-pesada da Bento, o lado do morro, ao pé do morro, o lado das vilas, dos becos, das malocas, das ruas sem pavimento, dos esgotos a céu aberto, não por causa da polícia civil, da polícia militar, do exército, passando nas viaturas só no bico da rapaziada, ou invadindo o passeio, parando na base da freada a seco nesta brita do estacionamento pra dar atraque, enquadrada, esculacho geral, não por causa dos subchefes do tráfico do morro, uns caras meia dúzia de anos mais velhos do que eu, que descem aqui pra tomar uma cerveja, comer um xis coração com ovo, o melhor do bairro, deixando aquele suspense no ar, porque chegam quietos, as armas mais ou menos à vista, e comem de butuca, filmando de canto os que estão por aqui, não por eu ter um pai que é da polícia, um nome importante na polícia do Rio Grande do Sul, chefe supremo dos peritos do Rio Grande do Sul de todos os tempos, e isso ser uma pecha colada na minha testa pra muitos que vêm aqui, uma pecha que, em tese, faz de mim um cara intocável porque dificilmente, nesta área, alguém se mete com filho de polícia, mas que, nunca dá pra saber, pode motivar ataque inesperado de alguém que não goste de polícia. Tenho medo do Xis do Bodinho porque tenho medo de ficar contaminado pelo jeito de falar e de pensar deste lugar, de entrar na onda do orgulho de bairro deste lugar, de ser mais um malandro-agulha do bairro, mais um que não se importa se vai passar a vida inteira no bairro e vai morrer no bairro, medo de me acostumar com a simpatia da Salete, com as piadas da Mara, com a violência silenciosa que é a presença macabra duns pivetes solitários que aparecem aqui, meio sujos, sempre aleatórios, sempre guardando a devida distância pra não incomodar a clientela, pivetes duns nove, dez, onze anos que o Bodinho ajuda, liberando um prensado, um refri, e em seguida largando, na sutileza, que é a marca do Bodinho, a senha pra sumirem da vista, medo de começar a achar que é legal passar a noite num destes bancos toscos, embromando com uma garrafa de guaraná na mão, acomodado na insignificância que é meio que um estigma daqui, acostumado como o Fazido, o Cláudio Fazido, neste minuto sentado do meu lado, camarada de anos que grudou em mim e no Lourenço assim que a gente chegou a pé lá do bairro Moinhos de Vento, quinze minutos atrás, assistindo ao carrossel de gente circulando, jogando conversa fora.

Só vim pra cá com o meu irmão porque o Bondinho's é o xis mais perto da minha rua, a Coronel Vilagran Cabrita, mais conhecida como Cabrita, porque nesta noite não dava pra ir direto pra casa, porque preciso comer um xis coração com ovo, não consegui comer nada sólido o dia todo, e depois, eu que não sou de álcool, tentar dar uns goles numa cerveja, ficar escutando, do lado do meu irmão, que é muito mais enturmado com as pessoas aqui do bairro, ele conversar com os caras e gurias que sempre me dizem teu irmão é muito tri, é muito do bem, putz, é muito do gente boa, putz, o Lourenço isso, putz, o Lourenço aquilo, comentários que pra mim fazem todo sentido, porque, desde que a gente era pequeno, dentro da nossa redoma invisível impermeável, mesmo sendo o mais velho, eu ficava observando o jeito dele, que se entrosava nas festas mais rápido do que eu, fazia amigos mais fácil do que eu, era querido pelos outros como eu nunca conseguia ser querido, ficava observando, observando até que um dia comecei a copiá-lo, no humor, na descontração, duas coisas que eu não conseguia gerar e executar espontaneamente, duas coisas que eu mal conseguia entender, mas que passei a representar de maneira convincente, até incorporar na minha própria maneira de funcionar.

Fazido resolveu meter ferro no Joaquim Cruz, que, quatro dias atrás, na segunda-feira, ganhou medalha de ouro nos oitocentos metros nas Olimpíadas de Los Angeles, está falando do cara sem parar há minutos. Pra Fazido ficar quieto é preciso o Ivanor chegar com o seu Chevette turbinado, famoso pela pintura dourada e por ser um dos carros que mais vencem os rachas nas madrugadas de sábado pra domingo lá no final da avenida Ipiranga, no trecho entre a Antônio de Carvalho e a Cristiano Fischer. Ivanor desce do carro e vem na nossa direção. Que trio estrelado, hein, diz apertando a mão do Fazido, a minha e depois a do Lourenço, Os dois irmãos juntos, E na presença do gigolô-mor do bairro, completa. Pro Fazido ter fechado a matraca também pesou o fato dele ser apaixonado pela Kátia, também conhecida como Mumu, Kátia Doce de Leite Mumu, a namorada do Ivanor, que desce do carro um pouco depois. Kátia passa por trás do Ivanor e, sem olhar pra cara de nenhum de nós, se limita a dizer oi, um oi seco, depois pega no braço do namorado e arrasta ele na direção do trailer. Fazido espera os dois se distanciarem. Mumu leva meus trocado, Fazido diz, Tá cada vez mais deusa, cada vez mais mulherão, Como pode uma coisa dessas, elogia. Lourenço não diz nada, eu não digo nada. Fazido retoma a maledicência. Pode escrever, Joaquim Cruz não leva mais nem uma medalha olímpica na vida, Não tem humildade, Vai se atirar nas cordas, Mesmo tendo toda regalia de quem mora nos Estados Unidos, Melhores equipamentos, Melhores técnicos, Pode escrever, Fechou a loja, Não abre mais, profetiza. Não consigo acompanhar olimpíadas, não tenho saco, Ainda mais olimpíadas nos Estados Unidos, respondo. Fazido me olha decepcionado. Mas, saca aí, acho que se o cara, um cara que veio do zero, lá da parte pobre de Brasília, quer se sentir orgulhoso por ser um dos grandes nomes do atletismo mundial, é direito dele, Apoio total, eu digo. Não concordo, Na entrevista que vi ontem na tevê, ele não tava só orgulhoso, Ele tava arrogante, Atleta tem que dar exemplo, tem que ser humilde, Não importa se sofreu na vida, Esse papinho de jovem pobre que veio de baixo, num país que tá cagando pra qualquer esporte que não seja o futebol, não autoriza nenhum mané que ganha medalha de ouro em olimpíadas a ser arrogante, retruca. Se tu tá dizendo, eu falo, me segurando pra não sair da linha da camaradagem e começar uma discussão mais séria com ele, porque aquilo que ele está dizendo não tem fundamento algum. Se eu pudesse, tava lá em Los Angeles desde o primeiro dia dessas olimpíadas, diz Lourenço. Se eu pudesse, tava em Los Angeles desde meu primeiro dia de vida, diz Fazido. Queria muito poder ver as partidas de basquete, diz Lourenço. Basqueteiro do jeito que tu é, tu ia assistir todas as partidas, tu não ia perder uma, emenda Fazido, babando o ovo do meu irmão pra variar. Ele também jogou basquete no colégio, mas feito eu não foi adiante. Idolatra Lourenço por Lourenço ser da seleção gaúcha juvenil de basquete, por ser um dos melhores pegadores de rebotes e de assistências do Brasil na categoria dele, por ser um dos raros atletas com bolsa-atleta do Grêmio Náutico União, o maior clube social da cidade, por conseguir se relacionar, sem complexo de inferioridade e sem agressividade, com os caras do Moinhos de Vento e da Auxiliadora, que são os caras com grana, os caras que jamais colocam os pés aqui no Partenon. Tu nasceu pro basquete, meu neguinho, Fazido diz. Não tenho altura suficiente pra jogar na posição de ala se quiser ser profissional, E não sou tão bom na posição de armador, que seria minha única chance, Daqui a pouco deu pra mim, Lourenço fala. Um metro e oitenta e oito não é tão pouco assim prum ala, Enquanto tu for bom de rebotes e bom de assistências embaixo do garrafão como é, sempre vai ter lugar pra ti no basquete, eu digo.

    Salete chama o nosso número. Eu e Lourenço levantamos pra pegar o lanche. Fazido fica segurando os nossos lugares. Salete entrega o meu xis coração e o xis salada do Lourenço. Tu tá bem, Derico, Lourenço pergunta, Tá mais calmo, e pega as bisnagas com ketchup e maionese. Acho que tô, respondo. Voltamos pro banco onde Fazido nos espera. Vocês tão sabendo do Coió, Fazido nem sequer dá chance da gente sentar. Acho que Fazido não tem ideia, mas Coió é meu desafeto desde o tempo da sexta série quando furtou um casaco meu de náilon da Parmalat pelo qual eu era apaixonado, um casaco que só podia ser adquirido juntando trinta embalagens do leite em caixa longa vida da Parmalat e depois levando pra trocar no Zaffari da Ipiranga, hipermercado que naquela época era o melhor mercado da cidade e um lugar onde minha mãe evitava comprar porque era estabelecimento onde não se via um funcionário negro no caixa, na padaria, no açougue, na função de empacotador, de recolhedor dos carrinhos de compras no estacionamento, de segurança, não se via gente escura alguma empregada, nada, meu pai não ligava praquilo e ainda não liga, mas minha mãe não hesitava e não hesita, se puder comprar em outro lugar, ela vai comprar em outro lugar. Coió sempre disse que não, alegava que tinha trocado o casaco dele pelas caixas de leite exato como eu. Mas um dia, quando ele vacilou, peguei o casaco, conferi e mostrei pra ele e pra todos que estavam ao nosso redor o cerzido que minha mãe tinha feito, de maneira quase imperceptível, na barra do lado direito do casaco, que veio descosturado. Descostura que eu só percebi quando cheguei em casa e abri a embalagem. Ela usou uma linha bordô que destoava do marrom, do bege e do laranja do casaco. Não levei a treta adiante porque me dava demais com a namorada dele da época, a Lídia, que acabou ficando bem nervosa com a minha insistência. Depois daquele dia, Coió parou de ir com o casaco pro colégio. Coió tá preso, pergunta Lourenço enquanto espalha ketchup sobre o xis. Não, o zulu se juntou com a dona duma daquelas cinco funerárias na Santana, uma daquelas que ficam perto do Instituto Médico Legal, Virou sócio da funerária, Dá pra acreditar, Deve tá comendo a velha, Só pode tá comendo, Aquele tiziu gosta de dar braguetaço em velha branquela montada na grana que só ele, diz Fazido. Tu não fica atrás, Lourenço brinca. Parece que botou na roda duas Caravans adaptadas pra transporte de caixão, falou. Deve ter roubado, acrescentei. E parece que botou uma grana também, Mas saca só, Desta vez Coió não vai durar, Essa velha da funerária é mais esperta do que ele, Fazido sentencia. Não dá pra ser escrivão de polícia, sócio de ferro-velho e sócio de funerária, é frente demais pra ele passar a perna nos outros, digo. E, principalmente, receptador de peça de moto roubada, Lourenço completa enquanto mastiga de boca aberta. Não sei de onde esse escroque tira dinheiro, digo. É, Coió é da rampa, é cara sem limite, Carinha de quem é melhor manter distância, diz Fazido. No mesmo segundo chega o Anísio, na beira da calçada, com sua Yamaha TT 125 branca, bem à nossa frente. Motor ligado, farol ligado, sem levantar o visor do capacete, faz sinal pra Lourenço ir até ele. Lourenço levanta, com o xis na mão, vai ao encontro dele. Os dois conversam por quase um minuto. Lourenço vem na minha direção. Tudo bem, pergunto. Tudo, Derico, Olha só, Termina aí o teu xis, diz e consulta as horas no seu relógio de pulso, Me encontra em casa em quinze minutos, pede. Pela sua cara, compreendo que não é o momento de fazer perguntas. A gente se fala por aí, Cláudio, diz Lourenço pro Fazido. Vai pela sombra, brinca Fazido. Lourenço dá duas dentadas no xis, joga o resto na lixeira, sai na direção de Anísio, sobe na garupa da moto. Os dois partem na direção centro-bairro, dá pra ver que seguem conversando, e logo adiante, um pouco antes da esquina da minha rua, Anísio dá uma guinada à esquerda, sobe o canteiro central, retorna na direção bairro-centro pra entrar, na contramão e de farol apagado, na Veríssimo Rosa. Volto a comer o meu xis, pensando no que pode ter acontecido, não troco mais nem uma palavra com o Fazido. Depois duns segundos, Fazido cansa do meu silêncio, levanta e vai na direção de conhecidos que acabam de chegar. Penso em pedir a cerveja, desisto. Termino o meu xis, levanto, aceno de longe pro Bodinho, que está sempre de radar ligado, saio caminhando pela Bento Gonçalves, ando os duzentos e poucos metros até a minha rua, a Cabrita. Desço.

Na frente de casa, vejo as luzes da sala de estar acesas. Ao contrário do que imaginei, a moto do Anísio não está no pátio. Entro pelo portão da garagem. Meus pais estão numa festa da turma de colegas de repartição da minha mãe, gente que trabalha com ela no Instituto Nacional de Assistência Médica da Previdência Social. Entro pela porta que dá na garagem, subo as escadas, ando pelo corredorzinho da área de serviço, passo pela cozinha, na copa largo a chave e a carteira sobre o aparador, vou até a sala. Meu irmão está sentado no maior dos três sofás, na frente dele, sobre o tampo da mesa de centro, tem um revólver calibre trinta e dois. Preciso esconder essa arma, ele diz mantendo o olhar fixo no revólver. É do Anísio, pergunto. É do irmão do Anísio, responde. E aí, Qual é, pergunto. Anísio pegou escondido, E usou, fala, e se detém. Quer dizer atirou, eu digo. Sim, Num cara, responde. Como assim, pergunto. Depois te explico, Agora preciso esconder essa arma, diz. Peraí, Atirou e feriu, pergunto. Ele disse que não tem certeza, Parece que pegou no peito do cara, Talvez tenha matado, responde. Tento conservar a calma. E pra onde ele foi, pergunto. Não sei, Me deixou na esquina ali em baixo, disse que depois fazia contato, responde. Preciso saber o que aconteceu, Lô, Tu pode me contar, pergunto. Depois, Federico, Depois, e consulta o seu relógio de pulso, O pai e a mãe tão pra chegar a qualquer momento, diz e levanta, Quer me ajudar, pergunta. E fico com a impressão de que ele não quer tocar na arma, de que não consegue tocar na arma.

Respondo que sim, vou ajudar. Ele sugere que a gente esconda entre o forro e o telhado. Concordo, digo pra ele ir até a garagem pegar a escada e pra depois tentar achar a lanterna, falo que vou tirar as cápsulas usadas da arma e amassar no torno de ferro do pai pra amanhã atirar ali na Ipiranga, no arroio Dilúvio. Ele diz pra eu não esquecer de limpar a arma, remover as digitais. Digo que sim, vou limpar e colocar num saco plástico, num dos que a mãe usa pra congelar alimentos. Ele sugere que a gente coloque num dos cantos aonde é quase impossível alguém chegar. Concordo, digo que a arma pode ficar lá por um tempo e que depois a gente vê o que faz. Ele olha pra mim, pergunta se a gente está mesmo fazendo a coisa certa, se não é otarice esconder a arma em casa. E percebendo que estou ficando nervoso porque na minha cabeça estão começando a surgir todas as consequências imagináveis decorrentes da decisão de esconder uma arma instrumento dum homicídio sob o telhado da própria casa, digo pra mim mesmo em pensamento acorda, Federico, acorda, seu taipa, teu irmão tá nervoso, não é hora de arregar, faz essa merda rápido e faz bem-feita, e respondo que se é pra esconder a arma bem escondida então que seja na casa dum policial, dum cara respeitado como o nosso pai, cara que chegou em Porto Alegre com treze anos vindo do interior profundo com sua mãe viúva, e chegou a ter dois empregos enquanto fazia o profissionalizante de auxiliar de laboratório químico no Parobé, e estudou feito um louco, e entrou pra polícia, e começou a trabalhar como perito, e que se tornou o perito mais dedicado que a polícia gaúcha já conheceu, um cara exemplar, um cara acima de qualquer suspeita, pego o revólver da mesa de centro e, diante dele, do meu irmão, apercebido do quanto isso tudo é arriscado, tento parecer o mais autoconfiante possível.

Bom dia, falou Micheliny, trinta e dois anos, assessora no gabinete do secretário de Gestão de Pessoas no Serviço Público Federal, funcionária de carreira designada pra coordenar os encontros da comissão, a última pessoa a entrar na sala de reuniões na manhã daquele segundo dia de trabalho. O grupo retribuiu o cumprimento. Ela sentou à mesa oval gigante, de costas pra tela de projeção retrátil que já estava descerrada e recebendo a luminosidade do projetor de teto. Preciso revelar aos senhores que hoje estou me sentindo mais à vontade do que em nosso encontro de apresentação na semana passada, e tirou o laptop da pasta de couro que estava sobre o tampo da mesa, abriu, O ministro do Planejamento e o ministro da Casa Civil finalmente chegaram a um consenso sobre quais serão as metas e objetivos da nossa comissão, pegou o cabo HDMI da caixa de conexão embutida no centro da mesa, plugou no laptop, Espero, sinceramente, estar à altura da missão que me foi confiada por eles e à altura das expectativas dos senhores, disse. Tenho certeza que você vai coordenar muito bem os trabalhos, Micheliny, disse Ruy, cinquenta e oito anos, diretor do Setor de Informática do Ministério da Educação com atuação na Secretaria de Educação Continuada, Alfabetização, Diversidade e Inclusão. Acompanho o voto do colega, emendou Altair, trinta e oito anos, diplomata ocupando, desde a posse do novo governo, cargo em comissão na Secretaria de Promoção da Igualdade Racial do Ministério da Justiça. Micheliny tirou da pasta um maço de folhas, removeu a cinta elástica que mantinha os nove maços de menor volume unidos formando o maço maior, conferiu a posição dos clipes-borboleta em cada um deles, levantou e começou a entregá-los de mão em mão.

GRUPO DE TRABALHO PARA ELABORAÇÃO DOS PROJETOS DE CRIAÇÃO DE INSTÂNCIA ADMINISTRATIVA FEDERAL RECURSAL PARA FINS DE SELEÇÃO DOS CANDIDATOS PRETOS, PARDOS E INDÍGENAS A VAGAS RESERVADAS PARA COTISTAS NO ENSINO PÚBLICO FEDERAL E PARA ELABORAÇÃO DE SOFTWARE DE AVALIAÇÃO E PADRONIZAÇÃO PARA FINS DE SELEÇÃO EM PRIMEIRA INSTÂNCIA ADMINISTRATIVA DOS CANDIDATOS PRETOS, PARDOS E INDÍGENAS A VAGAS RESERVADAS PARA COTISTAS NO ENSINO PÚBLICO FEDERAL era o que estava impresso na folha de rosto do material que ela tinha acabado de me entregar. Não li as páginas seguintes, fiquei esperando a manifestação dos outros.

Ninguém se manifestou, o que me surpreendeu. Naquele momento, nas dezenas de universidades públicas brasileiras, como todos naquela sala sabiam, alunos se agrediam, verbal e fisicamente, por causa das cotas pra estudantes pretos, pardos e indígenas, uma onda de provocações e ataques que iniciou na mesma semana em que o novo governo assumiu prometendo implementar uma nova ordem, uma dinâmica de governabilidade que interrompesse a queda livre da economia do país, onda coincidente também com a aceitação da implementação das cotas étnicas por universidades públicas de excelência que havia anos se recusavam a implementá-las, uma onda que, naquele ano de dois mil e dezesseis, acabou ganhando um tom de acirramento de ânimos sem precedentes.

Da parte dos negros, primeiro foram alguns alunos pretos contra alunos pardos que, nos critérios daqueles alunos pretos, não eram suficientemente pardos, eram pardos de araque, como vinham sendo tachados pelos alunos pretos e pardos escuros que se organizaram em núcleos de militância negra e passaram a circular em patrulhas de averiguação fenotípica pelos campi de várias universidades, pardos claros sem qualquer traço fenotípico que pudesse ligá-los ao grupo étnico dos negros, pardos que não tinham, segundo os integrantes das patrulhas, a dimensão do que é viver mergulhado até o último fio de cabelo na geografia inóspita da hierarquia racial no Brasil, pardos afroconvenientes, moreninhos-cor-dócil, que resolveram posar de pretos da gema pra pegar a brecha e surfar no benefício das cotas. E também os alunos pretos e alunos pardos contra os alunos que se diziam pardos claros, mas nem pardos claros eram porque eram brancos na avaliação dos núcleos de militância negra, brancos safados que, aproveitando a exclusividade do critério da autodeclaração racial, pegando umas sessões em câmara de bronzeamento, aplicando autobronzeador spray na pele, pintando a pele, fazendo permanente no cabelo, preenchimento labial, alegavam ser negros, ou, sem recorrer a qualquer artifício, deixando que a pele clara continuasse clara, juravam ser de comunidade negra, netos de negros, bisnetos de negros, apesar da pele branca, branca de doer, expressão consagrada por uma redação intitulada branca de doer escrita por uma aluna do ensino médio, de pele retinta, do Complexo da Maré no Rio de Janeiro e publicada na revista *Setor X* da Biblioteca de Manguinhos e depois republicada no espaço dum colunista d'*O Globo* no início daquele ano, alunos que os alunos negros das patrulhas acusavam de brancos fraudadores, gente criminosa que estava além da afroconveniência dos pardos claros caras de pau, gente que só podia estar querendo detonar pra sempre o sistema de cotas raciais implantado, a duras penas, no século XXI no Brasil.

Nem um mês depois das primeiras denúncias e radicalizações por parte dos alunos negros, veio a explosão, alunos brancos se dizendo parte de algum dos inúmeros grupos de intolerância racial inspirados nas teses da supremacia da raça branca, grupos que começaram a fervilhar na internet depois dos ataques contra as Torres Gêmeas em Nova York no onze de setembro de dois mil e um, que atacavam as cotas contra alunos pretos, pardos e indígenas beneficiados pelo sistema de cotas, alunos brancos que não faziam parte de nenhum grupo fundado em argumento de supremacia racial, mas que, adeptos do discurso da meritocracia, eram opositores convictos do sistema de cotas raciais pra estudantes de qualquer fenótipo, contra alunos pretos e pardos, alunos brancos que eram a favor das cotas, mas que, com a convivência em sala de aula com alunos cotistas, se tornaram opositores das cotas, contra alunos pretos, pardos e indígenas, alunos brancos mais ou menos comedidos, que declaravam não ter certeza sobre a universidade ser lugar de índio, contra alunos indígenas, alunos brancos nada comedidos, dizendo abertamente que se índio queria terra demarcada então que ficasse nas suas terras demarcadas, que não viesse atrapalhar a vida dos civilizados, contra alunos indígenas, alunos brancos desfavoráveis às cotas contra alunos brancos favoráveis às cotas, alunos brancos a favor das cotas contra alunos brancos inimigos das cotas, alunos brancos que eram contra as cotas, mas que, com a convivência em sala de aula com alunos negros cotistas, se tornaram a favor das cotas, contra alunos brancos opositores das cotas, alunos negros contra alunos brancos, em reação, alunos indígenas contra alunos brancos, em reação, alunos pardos claros contra alunos pretos e alunos pardos escuros, em reação.

Era surreal que o novo governo estivesse apresentando pros que se dispuseram a participar da comissão aquela proposta de criação dum software pra selecionar quem era suficientemente preto, pardo ou indígena pra obter o benefício das cotas. Só podia ser piada. Micheliny, entretanto, não estava levando como piada, depois de distribuir o material pra cada um dos membros voltou a sentar, agradeceu a colaboração do Ruy, que teria trabalhado com a equipe da secretaria para dar uma redação mais precisa ao material no capítulo da elaboração do software. Ruy agradeceu o registro, no seu olhar estava mais do que visível que ele achava a proposta do software uma proposta muito boa.

Micheliny, Uma dúvida, disse Demétrio, trinta e cinco anos, defensor público da União, doutorando em direito processual civil na Universidade de Brasília, Elaborar os parâmetros pra um software para agilizar as avaliações dos candidatos que pedem o benefício das cotas nesses poucos meses de funcionamento da comissão, Será que isso é mesmo factível, perguntou. É mais do que um software pra agilizar as avaliações dos candidatos às cotas, doutor Demétrio, é um software que vai dar maior certeza e segurança jurídica à seleção das vagas para alunos cotistas em decorrência da raça, O software vai padronizar critérios, Vai afastar a subjetividade inerente às comissões de julgamento dos alunos cotistas, subjetividade que é a grande inimiga da nossa política de cotas, Vai eliminar as situações de constrangimento a que os alunos de fenótipo intermediário, os pardos claros principalmente, são expostos quando comparecem às comissões de verificação das autodeclarações, E, sim, Três meses, com encontros mais frequentes nesse primeiro mês e mais espaçados nos dois últimos, serão suficientes, respondeu Micheliny. De qualquer forma, é uma ideia curiosa, observou Demétrio. Aqui na secretaria, doutor Demétrio, achamos que é uma ideia genial, E perfeitamente exequível, faço questão de deixar isso bem claro, demarcou Micheliny. Ruy sugeriu que se começasse a ler o material. E, acatando, Micheliny acionou a projeção contra a tela descerrada à minha frente, projeção do mesmo texto que foi por ela distribuído, perguntou se alguém se prontificava a ler. Ana Beatriz, trinta e dois anos, auditora lotada no Ministério da Transparência e Controladoria-Geral da União, se ofereceu. Tentei acompanhar a leitura no texto projetado, mas não consegui, estava atordoado demais, me percebendo ali, alçado ao posto de fornecedor de referências nada precisas pros técnicos-programadores dum software de julgamento de traços físicos, de cores de pele. O atordoamento acabou se transformando em completa desconexão.

Quando Ana Beatriz terminou de ler, Micheliny agradeceu sua contribuição e fixou vinte minutos pra uma rodada de perguntas e respostas. Eu tenho duas perguntas, disse Andiara, trinta e nove anos, recém-promovida a procuradora regional da República da Primeira Região. Pode fazê-las, doutora Andiara, respondeu Micheliny. Não precisa me chamar de doutora, Micheliny, registrou Andiara. Acho que isso vale pra todos nós, disse Ana Beatriz. Todos concordaram. Ótimo, Andiara, Quais seriam as suas questões, disse Micheliny. A primeira é, Fiquei curiosa para saber se a intenção é acabar com a autodeclaração racial, É essa a intenção, perguntou Andiara. Não exatamente, O que vai acontecer é que todos os que pleitearem a inclusão no benefício das cotas terão de encaminhar, via programa para computador ou aplicativo para celular, um vídeo gravado pelo aparelho celular, em condições de iluminação específicas, respondendo a perguntas que também serão definidas por nossa comissão, perguntas que serão aplicadas de forma padronizada a todos os candidatos que busquem o benefício das cotas, A autodeclaração fica absorvida por esse procedimento, Fica implícita, Tenho dúvidas se isso, posto dessa forma, implica necessariamente a sua eliminação, prezada Andiara, Penso que, na prática, não, concluiu Micheliny. E também, Essa exigência de fotos da infância, de fotos com os pais biológicos, Isso me parece um exagero, Há outros exageros, Mas essa exigência me parece um exagero flagrante, O candidato pode não ter registros fotográficos da infância, Além do quê os fenótipos dos pais podem não coincidir com o do candidato, Sendo que isso é só uma das possibilidades de tantas, disse Andiara. São questões que deverão ser definidas pela comissão, reforçou Micheliny. Estamos falando de régua de cor, se atravessou Mauro, quarenta e dois anos, diretor-adjunto da Fundação Instituto de Pesquisa Econômica Aplicada, Não tem como criar uma régua de cor, um negrômetro, uma régua racial para inserir num programa de computador, e se contorceu na cadeira puxando pra perto o bloco de anotações com o timbre da secretaria que foi disponibilizado pra cada um de nós, Enquanto Ana Beatriz lia, disse ele, entrei aqui na página das Tintas Suvinil só pra consultar o que eles chamam de leque de cores, e anotei os nomes de algumas delas, só de algumas, as que podem ser variações disso que vocês chamam de pardo claro, pardo médio e pardo escuro, pegou o bloco, As claras intermediárias são, ajeitou os óculos sobre o nariz, Flor da Pele, Nata, Marshmallow, Coquetel de Lichia, Glacê de Limão, Amêndoa, Pele Delicada, Feixe de Luz, Flan de Baunilha, Areia Maranhense, Palha Antiga, Creme de Ovos, Palha Suave, E as médias e mais escuras, Estrada de Terra, Cajuzinho, Pele Bronzeada, Banana com Canela, Nozes, Castanha Portuguesa, Bronze, Jambo, Açúcar Orgânico, Lenha, Argila, Tijolo, Prata Envelhecido, Rapadura, Caramelo, Castanha-do-pará, Canela Natural, Noz-moscada, Cravo-da-índia, Grão de Café, Chocolate em Pó, Canela em Pó, Mogno, Chocolate Meio Amargo, Cuia de Chimarrão, Todos esses nomes, e é só vocês conferirem depois no site, poderiam ser cores de pele humana, Será mesmo que é por aí que esta comissão irá, carregando no sarcasmo. Nenhuma classificação será perfeita, mas ela precisa ser feita, Pela diretriz do governo, alguém tem de assumir essa responsabilidade, Micheliny contrapôs. O que quer que seja sugerido nessa linha me parece inconstitucional, explicitou Mauro. E vieram as manifestações dos outros, todas ao mesmo tempo.

Foram alguns bons minutos até que Micheliny conseguisse retomar o controle da reunião propondo uma ordem pras manifestações e depois defendendo que se a proposta do software não fosse boa e tivesse de ser melhorada ou abandonada, que pelo menos a comissão enfrentasse a metodologia de elaboração do software pensada pela secretaria, pra só depois apresentar as objeções e reparos cabíveis. Como eu estava torcendo pra que ela não dissesse aquilo.

Ignorando a sequência de manifestações proposta por Micheliny, Ricardo, vinte e três anos, graduando da faculdade de engenharia civil da Universidade Federal do Paraná, indicado por um grupo de dissidentes do grupo que estava no comando da União Nacional dos Estudantes, já que os membros da UNE oficial tinham se negado a indicar alguém pra integrar a comissão, perguntou se não era melhor retirar a palavra pardos da lei. Micheliny disse que sim, tinha gente do movimento negro, uma parcela pequena, que defendia aquela ideia e pedia alterações na legislação pra que só ficassem os pretos e os indígenas nas ações afirmativas do governo relacionadas ao sistema das cotas raciais, mas que uma exclusão como aquela estava fora de cogitação, porque tinha justificativas históricas bem sólidas pra presença dos pretos e dos pardos na política de cotas, justificativas históricas que ela arrolou de forma sucinta, justificativas que ele, Ricardo, que aceitou estar ali representando os estudantes do país, devia conhecer.

Àquela altura eu já podia arriscar dizer que eles não eram más pessoas, eram apenas gente sem importância no quadro geral da burocracia de Estado, gente que, no final das contas, não representava ninguém. Eu conhecia muitas pessoas como elas e podia identificar de longe pessoas do tipo delas, dezenove anos de Brasília tinham me dado aquela aptidão e também me aprisionado numa rede de relacionamentos que me obrigava a atender a certos pedidos quando esses pedidos fossem feitos por parceiros importantes, por dirigentes de entidades não governamentais que contratavam meus serviços, indicavam minha assessoria pra outras pessoas e me davam apoio financeiro quando eu surgia ansioso na frente deles com ideias nas quais ninguém em sã consciência empataria um centavo. Das causas que me levaram a participar daquela comissão, a decisiva foi o pedido duma velha amiga presidente duma fundação em São Luís do Maranhão, que foi sondada pra fazer parte da comissão e que, por não estar muito bem de saúde e, mesmo tendo noção do tamanho daquela canoa furada, por achar que alguém precisava se sacrificar pra impedir que os rumos das reuniões fossem na direção duma eventual catástrofe, me ligou falando que eu era a pessoa em Brasília pra colocar um freio naquela aventura e que ia bancar o meu nome junto a outras entidades envolvidas com projetos de inclusão de jovens negros em espaços de liderança pra pressionarem pedindo pela minha presença no grupo. Eu não podia recusar, não recusei. Dezenove anos de participação em comissões de todos os tipos convocadas por órgãos do governo, ou por entidades ligadas ao governo, tinham me ensinado bastante sobre as regras de funcionamento de grupos de trabalho. Uma delas era a de que grupos de trabalho interdisciplinares, salvo raras exceções, não eram espaços pra se dedicar demais. Políticos criavam comissões pra mostrar serviço pra sociedade anestesiada quando a sociedade anestesiada resolvia se mexer e botar alguma pressão. Por isso, se eu tivesse de resumir o que eram as comissões do serviço público brasileiro sediadas naquela Brasília que eu conhecia, eu diria que eram ajuntamentos de gente que no geral sabia vender muito bem o seu peixe, em que um percentual de sessenta a setenta por cento dos participantes não estava preocupado em se esforçar demais, em que dava pra identificar um padrão que incluía quatro tipos básicos de protagonismo: o primeiro, o dos capatazes, as marionetes que chefiavam os trabalhos, a carreira deles estava diretamente vinculada ao sucesso das comissões, então não podiam vacilar, o segundo, o dos raros integrantes realmente interessados nos resultados dos trabalhos, pra eles acabava sendo desgraçadamente frustrante ter perdido tempo com reuniões e blá-blá-blás quando o resultado dos trabalhos não era o resultado que as suas convicções, os seus interesses, pediam, ou quando não era o resultado que as pessoas a quem eventualmente representavam estavam esperando, sobrando pra eles a culpa do insucesso, o terceiro tipo de protagonismo, o dos que tecnicamente eram essenciais pro andamento dos trabalhos, os que ficavam boa parte do tempo de fora, aproveitando o café que era servido, o ar condicionado, dando uma olhada nas redes sociais, mas que sabiam que quando chamados pra contribuir eram os únicos que realmente tinham condições de lacrar geral, e o quarto grupo, o dos que entraram na comissão apenas por serem do serviço público e, como servidores públicos, no rodízio da repartição onde estavam lotados, acabavam sendo chamados pra preencher alguma vaga de alguma comissão simplesmente porque eram a bola da vez, pra eles não custava fingir envolvimento, deixar a canoa flutuar na correnteza, podendo quando lhes desse na telha interferir pontualmente e até mudar o rumo do que estivesse acontecendo, mudar porque era necessário ou por diversão sádica mesmo. Se eu não estava no grupo dos diretamente interessados, também não estava mais me sentindo no grupo dos deixa a canoa fluir na correnteza, sobretudo depois que Micheliny distribuiu os impressos referindo logo na capa a criação do software. E de repente me vi inclinado ao protagonismo dos técnicos, como alguém que, naquela cachoeira de desinformação, poderia dar a real, passar o dado decisivo, a estatística decisiva. Mas ainda não era o protagonismo dos técnicos o que me pegava, talvez não fosse protagonismo algum, talvez eu estivesse mais pro papel de zelador num roteiro em que Micheliny seria a síndica, e Ruy seu vice, um zelador omisso, invisível, mas em condições de dar uma de técnico se fosse muito necessário, se fosse colocado contra a parede, como de fato seria depois do intervalo com lanchinho no meio da manhã, intervalo em que me servi duas vezes do chá de camomila que estava numa térmica, ataquei duas coxinhas de galinha, dois pães de queijo e duas fatias do bolo de cenoura com cobertura de chocolate. Tinha pulado o café da manhã, aquele era o momento de compensar. E fiquei num canto observando através da vidraça daquele nono andar a amplitude distópica e monótona da velha Brasília de sempre.

No retorno pro segundo tempo dos trabalhos, Micheliny ligou o gravador, como tinha dito que faria antes do intervalo, relembrou que cada um de nós, seguindo a ordem alfabética, teria exatos dez minutos pra expor o que de mais crítico e mais urgente lhe passasse pela cabeça dentro do assunto cotas e superação das desigualdades em função do fenótipo racial no Brasil, porque a partir das nossas manifestações ela e a equipe dela, dentro da metodologia apresentada mais cedo, organizariam os subtópicos nos tópicos de discussão e deliberação das futuras reuniões.

Altair foi o primeiro. Contou da infância passada junto à mãe viúva que proibia ele, o filho único, de sair do apartamento que ficava num núcleo habitacional na periferia de Belo Horizonte pra brincar com as outras crianças do prédio, da rua, do bairro, falou das novelas a que assistiam juntos no sofá e do quanto, ainda criança, ficava surpreso por não ver atores negros na tevê, nem nos papéis principais nem nos secundários, falou que as novelas eram a fonte de educação, a formação escolar pra muita gente no Brasil, que era um crime não terem pelo menos cinquenta por cento de atores pretos e pardos nos elencos dos programas, dos comerciais, porque tevê era um serviço público que dependia de concessão pública e devia ser realizada duma maneira que atendesse mais ao interesse público. Falou da baixa autoestima dos estudantes universitários negros brasileiros, comparou com os estudantes angolanos e moçambicanos de intercâmbio que vinham estudar no Brasil e que, em termos emocionais, em termos de autoestima mesmo, por conta de saberem de onde vinham, saberem da sua ancestralidade, da história da sua etnia, tinham enorme vantagem sobre a maioria dos estudantes brasileiros negros, que, descendendo de escravizados, tiveram sua identidade dissolvida, suprimida pelo colonialismo, pelo processo mercantil de escravização, falou que teve um namorado negro, um estudante estrangeiro, com quem ficou por cinco anos, que era de pele bem escura, retinta. Confessou que, apesar de toda intimidade que dividiu com aquele rapaz por tanto tempo, nunca conseguiu não reparar e não demonstrar surpresa quando entrava, por exemplo, num restaurante ocupado por pessoas de pele clara e se deparava com uma pessoa preta sentada à mesa, como cliente. Disse que chegou a trabalhar aquilo na sua terapia, queria se desfazer daquele olhar, mas que não conseguiu perdê-lo. Num tom emocionado perguntou como podia ser aquilo, como podiam as pessoas serem antipatizadas, temidas, execradas por causa da cor das suas peles, como podia aquela cultura maligna, que entrava na cabeça das crianças e estragava tudo lá no começo da existência, continuar, como podiam os brancos, os brancos como ele, controlar tudo, inventar que racismo não existia e ainda por cima conseguirem a adesão de boa parte dos negros. Encerrou dizendo que, se tinha uma régua de cor, aquele era o momento de começar a usar a tal régua de cor em favor dos pretos, que os espaços, pelo menos os espaços públicos, precisavam ter mais gente de cor preta, falou que a comissão precisava, sim, atender às demandas de parte do movimento negro que pedia uma radicalização pra que gente preta estivesse mais presente nas universidades e no serviço público. Micheliny perguntou se ele queria acrescentar mais alguma coisa. Altair disse que não. Micheliny reprogramou o gravador, falou pra Ana Beatriz que ela tinha dez minutos.

Na minha identidade não vivencio a identidade das pessoas negras, Tive avó cabocla por parte de pai, mas não me sinto vinculada, sanguineamente inclusive, a uma ancestralidade negra, Não é que eu tente me afastar da minha possível negritude, Mas o fato é que a negritude não existe na minha criação, Uma criação que não foi de privilégios, como os que têm as pessoas de classe média alta e os ricos, acho bom deixar bem claro, Imagino que se tivesse sido criada com a cultura negra mais presente, com a religiosidade negra mais próxima de mim, talvez minha identidade não fosse tão compatível com o meu fenótipo, com os fenótipos dos meus irmãos, que é um fenótipo branco, disse Ana Beatriz. Você se sente branca, perguntou Altair. Sim, Ana Beatriz respondeu. Não se sente mestiça, insistiu

Altair sem se dar conta de que estava sendo redundante. Quando me olho no espelho, não vejo nada de mestiça em mim, Você enxerga uma mestiça quando olha pra mim, perguntou. Vejo uma pessoa branca, respondeu Altair. É isso, Sei que, pelo critério da origem, sou mestiça, Sei que nós brasileiros somos mestiços, Fico pensando como eu lidaria com a possibilidade da autodeclaração, pelo critério da aparência fenotípica, da marca, se eu fosse fenotipicamente parda, Não sei o que faria, disse, Não vivo a realidade social das pessoas negras, das indígenas, Sou branca, disse Ana Beatriz. Você nunca namorou com uma pessoa negra, perguntou Altair, deixando claro que não tinha mesmo entendido a dinâmica da atividade. Uma vez fiquei muito a fim de um garoto pardo escuro numa excursão da minha escola, essas excursões em que se fretam vários ônibus e vão turmas de anos letivos diferentes, Não conseguia desgrudar os olhos dele, Mas minhas amigas me desestimularam, disseram que era baixinho demais, e eu caí na delas, Eu sabia que não era por causa da altura, a desaprovação delas era por causa da pele escura dele, respondeu. Depois repetiu boa parte do que Altair já tinha falado, só que enfatizando o viés orçamentário, pois, como fez questão de registrar três vezes, era da Controladoria--Geral da União e, sendo da Controladoria-Geral da União, podia garantir que gastar dinheiro público com os negros, compensando a dívida histórica do país com eles, era uma forma inteligente de aplicar os recursos públicos.

Mesmo sabendo que Micheliny ia controlar o tempo da sua fala, Andiara colocou o celular sobre o tampo da mesa e acionou o temporizador. Penso que temos de continuar valorizando a autodeclaração, a autoidentificação racial, porque só ela está cem por cento de acordo com os parâmetros da Constituição federal vigente, O direito à autodeclaração racial é direito que precisa ser preservado e protegido, Se ele for fraudado por algum esperto, o esperto que fraudou deverá ser responsabilizado penalmente, Se a pessoa se vê como negra, negra parda, mesmo tendo a pele mais clara, isso deve ser respeitado, pegou o copo com água, deu um gole, Alguns dizem que todo parâmetro gera preconceito, Que cada grupo tem os seus parâmetros, e eles são inafastáveis, Não acho que seja assim, No Brasil quando uma pessoa se vê como negra, por ser de família negra, mesmo sendo mestiça bem clara, assumindo, com a sua identidade autoproclamada, todos os desgastes emocionais e culturais que a atingirão por conta do preconceito dirigido ao grupo a que se vincula, não vejo por que a sociedade não possa, agora pelos parâmetros da identificação social, diferentes dos de identidade, vê-la como negra, disse Andiara. Prezada Andiara, mil perdões por interrompê-la, mas foi justamente no período recente em que prevaleceu o critério da autodeclaração, de pessoas se dizendo ser negras e isso bastar, recebendo todo o apoio do Ministério Público e do Judiciário, inclusive, que aconteceram as injustiças flagrantes, gente branca passando por negra, que nos fizeram chegar aonde chegamos, chegar à indignação dos alunos retintos, chegar à guerra que hoje estamos vendo nas universidades, disse Micheliny. Pois bem, vou objetivar, Sou de opinião de que as comissões de verificação, não importa se são as preventivas ou as de aferição da veracidade das autodeclarações, avaliem o quanto a negritude influencia a vida do candidato, Repito, Parâmetros da cor da pele, dos traços físicos, não são suficientes, Há autodeclarações que podem parecer viciadas, falsas, mas que não são, porque o candidato, mesmo que saiba que os outros não o veem como negro, por ser diferente do fenótipo de um dos pais, se vê como negro, e olhou pra Micheliny. Quatro minutos, doutora, responde Micheliny, mesmo sabendo que Andiara está controlando o próprio tempo. Acho importante registrar que temos já algumas tentativas recentes de montagem de tabelas de características físicas, padrões fenotípicos, pra fins de avaliação e seleção de candidatos, De modo geral, Nelas aparecem três grandes colunas, A primeira coluna, a do fenótipo, listando tipo de pele, tipo de nariz, de lábios, de gengivas, de dentes, de maxilar, de osso malar, tipo de testa, de crânio, de cabelo, de barba, tonalidade da membrana esclerótica, A segunda coluna, a das descrições tomando como referência as características negroides da pessoa, Se for melanoderma, cor preta, qual o grau, Se for feoderma, cor parda, qual o grau, Se, por acaso, for leucoderma, cor branca, qual o grau, Se nariz curto, qual o grau, Se nariz chato, qual o grau, Se nariz largo, qual o grau, E assim por diante, Ficando, na terceira coluna, em função da segunda coluna, três colunas internas, três subcolunas, referindo grau a-um, grau a-dois, grau a-três, Tentativas essas que foram questionadas administrativa e judicialmente e foram anuladas, É isso, Obrigada, disse Andiara terminando sua manifestação. Micheliny agradeceu, reprogramou seu gravador, chamou Demétrio.

Demétrio disse que concordava com Micheliny sobre o problema das comissões ser a subjetividade, disse que tinha muita comissão de verificação dos fenótipos dos candidatos a cotas que era integrada só por pessoas brancas, algumas sem o menor parâmetro pra avaliar os casos apresentados, mas que não podia aceitar a hipótese duma avaliação cibernética, imaginava ele, usando tecnologia de reconhecimento facial configurada lombrosianamente pra reconhecer etnias num país onde as etnias estavam todas misturadas. Olhar lombrosiano Lombroso, eu anotei. Depois falou do seu doutorado e de como a lógica processual contemporânea condenaria um procedimento chancelado pelo Estado envolvendo direitos fundamentais entregue à gestão duma inteligência artificial e interrompeu sua fala antes do encerramento dos dez minutos. Micheliny me olhou, disse que era a minha vez.

Vou ser breve, falei, Mas antes preciso pedir a vocês que parem de empregar o termo tribunais raciais, Esse é um termo usado pelos racistas que querem o fim das cotas, enfatizei, Esta comissão não pode ceder a esses caras, e, quando me dei conta de que estava batendo com a lateral da mão direita esticada, tensionada, contra o tampo da mesa, parei, relaxei a mão, e relaxei, O problema do sistema de cotas não tá na tal margem de subjetividade das decisões das comissões de verificação das características raciais dos candidatos às cotas, Com todo respeito aos que aceitam essa tese nesta comissão, Mas essa tese também é tese dos racistas que querem, repito, ferrar com o sistema das cotas, O que temos de compreender é que onde houver julgamento, jurídico ou moral, não importa, sempre vai ter uma considerável margem pra subjetividade, pra pessoalidades, pra preconceitos, pro que, no mundo do Direito, é chamado de discricionariedade, Temos pessoas do Direito aqui, e olhei pra Andiara e depois pro Demétrio, Vocês do Direito sabem disso, Dentro do mundo jurídico nenhuma objetividade é incontestável, Isso faz parte da dinâmica de qualquer julgamento, Ano passado, um desembargador federal lá de Porto Alegre me explicou isso, Explicou usando exatamente estas palavras, e me concentrei pra encontrar na memória o que ele tinha dito, O subjetivo, a leitura subjetiva, tem de ser aferível, Se for aferível é válido, Isso é o que esta comissão tem que colocar no papel e espalhar pras pessoas, eu disse. Falando assim parece tão simples, observou Ana Beatriz. A objetividade na rotina do Direito e de todos os seus ramos não é perfeita, Ana, por que seria nas cotas, disparei, É isso que estou tentando dizer aqui pra vocês, Por isso, olhando mais pra frente, não vejo como um software vai poder ocupar o lugar das pessoas, da subjetividade inerente às comissões, como isso vai aumentar a segurança jurídica, ou a certeza jurídica, O que vai acontecer, E não precisa ser gênio pra prever isto, É que esta comissão de recurso, este órgão que vai receber os recursos, pelo jeito com sede aqui em Brasília, não é, Vai é nascer fadado a estar sempre sobrecarregado, concluí. Acho que várias pessoas de fenótipo branco quando não passarem pela seleção do software não vão recorrer, Acho que isso já pode ser uma grande coisa, disse Micheliny. A subjetividade pode ser reduzida, mas não eliminada, eu disse, Ficar girando em torno dessa questão é ficar girando em torno dum falso dilema, Um programa de computador não vai conseguir eliminar uma margem de subjetividade que é inevitável, e me calei. Você tem mais cinco minutos, disse Micheliny me encarando com certa raivinha. Caí na isca lançada, retomei. Uma vez assisti a uma peça no Teatro São Pedro lá em Porto Alegre, O título da peça era *Gana*, No palco tinha apenas duas atrizes atuando, duas protagonistas, e em off tinha uma voz masculina, que era a voz do agente, um intermediário, que só falava com elas por telefone e representava um empresário que decidiu convidar as duas mulheres pra passarem uns dias juntas num hotel numa região isolada de Gana, na África, um hotel enorme que seria alugado só pra elas, as detentoras de duas patentes revolucionárias, patentes valiosas de dois programas, dois softwares revolucionários, um que substituía juízes e tribunais, realizando julgamentos com uma precisão e grau de justiça nunca experimentados, e outro que substituía psicólogos e psiquiatras conseguindo bons resultados também numa quantidade ainda não experimentada, democratizando o acesso das pessoas a dois serviços essenciais, serviços que definem bastante a qualidade das relações nas sociedades contemporâneas, Pra elas se conhecerem e conversarem sobre a possibilidade de fusão dos dois programas num só, pra isso ofereceu um bom dinheiro pra elas, Um dinheiro que ganhariam apenas pra se encontrar e conversar naqueles dias, No final, que foi um final meio abrupto, se descobriu que o agente que conversava com elas pelo telefone era um programa de computador e que a presença delas naquele hotel, submetidas a conversas esporádicas com o suposto agente, não passava dum teste que o governo dum país que não ficou revelado na peça decidiu fazer pra avaliar a eficiência e a eficácia dum programa concebido pra influenciar lideranças e governar nações, Apesar da solução fácil, o diálogo final entre as duas mulheres e a voz em off, projetada pelo telefone no modo viva-voz, foi um diálogo precioso, E, se bem me lembro, levava pruma leitura do tipo não dá pra atalhar, não dá pra humanidade esquecer da humanidade, O Hotel era uma espécie de metáfora pro pesadelo da criação, da invenção, que existe sob a tentação do coisificar, e, vendo que tinha impressionado alguns deles, me peguei exposto e me sentindo um tolo por ter avançado tanto e ter falado rápido com empolgação sem conseguir manter a clareza e a objetividade como tinha feito antes dela dizer que eu tinha mais cinco minutos. Você ainda tem trinta segundos, prezado Federico, disse Micheliny, a raivinha ainda estava no seu olhar, eu estava começando a simpatizar com ela. Pode passar pro Mauro, Já falei o que eu tinha pra falar, Micheliny, eu disse.

Uma parcela grande da sociedade branca não quer ver os negros de pé, Quer que os pretos continuem submissos, escravizados, Para uma grande parcela dos brancos a presença de um preto em certos lugares rasura a sagrada harmonia do ambiente, Este para mim é o ponto, é o que me fez querer participar desta comissão, começou Mauro, Sinto muito, mas vou continuar em torno do software, Temos de nos perguntar o quanto a notícia de que esta nossa comissão vai gastar horas discutindo a produção dum software de seleção de cotistas negros e indígenas vai dar argumentos pros racistas, como bem disse o Federico, observou. Como você viu no material que distribuí, as deliberações da comissão serão submetidas a consulta pública, interveio Micheliny. No material tá informado que é uma possibilidade, Micheliny, uma possibilidade que vai ficar a critério de um dos dois ministros a quem você se reporta, O que eu acho, disse em tom retórico, Eu acho que esse novo governo não vai fazer consulta pública nenhuma, Desculpe, Sei que você tá comprometida no bom sentido, tá empolgada, mas seus chefes não vão se desgastar com consulta pública num assunto vespeiro como esse, falou Mauro. Vespeiro, anotei no bloco. Esta comissão precisa ir com muita cautela, as cabeças quentes de parte dos alunos nas universidades, neste momento, estão nos mostrando isso, Tem uma quantidade muito grande de brasileiros que não entende as cotas e, cinicamente ou não, não concorda com as cotas, Se colocarmos uma lente sobre o Judiciário, vamos ver que o Judiciário não entende as cotas, que parte dele nem quer entender, Você citou esse desembargador lá do sul, Federico, mas esse cara, um cara com essa clareza é uma exceção, pelo pouco que acompanho, Não quero generalizar, mas tem, sim, um monte de juízes e um monte de membros do Ministério Púbico que não engolem as cotas, O Judiciário é branco, A base, Como se diz, A base epistêmica do direito, É europeizada, É branca, disse Mauro. Epistêmica branca, anotei. Tem juiz que até pouco tempo dizia em debate na televisão que não existe conflito étnico no Brasil, juiz incapaz de sair da sua bolha de privilégios e enxergar a realidade, Um negro denuncia um caso de racismo, o juiz atenua e na sentença relativiza, diz que não houve intenção de ofender, Não sou do direito também, mas fico maluco com essas absolvições, essas condenações atenuadas, que volta e meia aparecem no noticiário, com sentença que condena por injúria racial quando deveria condenar por racismo, disse Mauro e parou. Você tem mais quatro minutos, disse Micheliny. No resto do seu tempo, ele discorreu sobre o quanto era preciso achar uma forma de tornar os não negros mais solidários com a luta dos negros.

E chegou a vez de Micheliny. Senhores, Sou a única pessoa de pele retinta aqui, Sei, como possivelmente nenhum dos senhores saiba, como são complicados os códigos do desequilíbrio social e racial do nosso país, Sei o quanto os afetos episódicos entre certos grupos raciais estão muito longe de significar a diminuição deste racismo cruel no qual vivemos, este convívio não significa harmonia, o racismo está aí, a hierarquia cromática está aí, Sei que cada um dos senhores tem a sua opinião sobre a pertinência do software e imagino que até tenham algumas resistências em relação à criação de uma comissão recursal federal padronizando critérios de seletividade, mas peço que compreendam que alguma coisa precisa ser feita para apaziguar este assunto das cotas, que está amparado pela Constituição federal e está na lei, mas que precisa ser implementado e precisa funcionar, sob pena do sistema não ser renovado no futuro pelos nossos congressistas, São muitos os pontos que me inquietam, Vou tentar ser o mais abrangente possível na abordagem, Sei que uma parte importante do movimento negro defende que se tenha um padrão de julgamento único nacional, que os critérios para julgamento de quem é pardo e quem não é sejam válidos para todo o país, desconsiderando, por exemplo, que alguém considerado branco na Salvador de Margareth Menezes muito provavelmente não será considerado na Horizontina de Gisele Bündchen, O que os senhores acham disso, perguntou e olhou pra cada um de nós, Eu sou a favor, registrou. Identidade racial e identificação racial são construções culturais da sociedade, Micheliny, Não esqueça disso, O Brasil é imenso, pontuou Mauro. Sim, mas manteremos o critério do reconhecimento social, de como a sociedade enxerga a pessoa, só que buscando estabelecer um parâmetro de avaliação, Respeito o seu posicionamento, Federico, mas não são apenas os racistas que apontam os problemas da subjetividade, Parte do movimento negro também reclama por mais objetividade e por mais transparência nos critérios das seleções fenotípicas, Nós da secretaria pensamos que o programa pode levar em consideração as peculiaridades do lugar onde a seleção será aplicada, mas isso amplia bastante as filigranas que precisam ser contempladas na engrenagem do programa e, me arrisco a dizer, só mantém próximo o perigo da incerteza, inviabilizando a segurança que todos, em algum momento, sejam os racistas, sejam os que na sua história foram oprimidos, destacam, disse Micheliny. Tive uma estagiária que costumava me dizer que era preta na turma dela da faculdade de Direito, branca na comunidade onde morava, ela morava em uma favela bem violenta, e apelidada de Morena pela própria família, uma família na qual os três irmãos, nascidos do segundo casamento da sua mãe mestiça clara com um homem branco, são muito mais claros do que ela, disse Andiara, Esse é o tamanho do problema, Isso é o que não podemos desconsiderar, registrou. Micheliny balançou a cabeça e seguiu em frente, acabou listando quase vinte itens que a inquietavam. Depois da sua fala, pedindo desculpas por ter avançado o limite de tempo que ela própria tinha fixado, informou que, no final da manifestação do Mauro, tinha recebido uma mensagem por WhatsApp da assessoria da Casa Civil informando que a notícia da elaboração do software ia ser publicada no *Diário Oficial da União* do dia seguinte e observando que teríamos de estar preparados, bem afinados os nove, porque a imprensa viria pra cima de cada um de nós, e disse pro Ricardo que ele tinha dez minutos.

Clara Nunes era branca, Jorge Amado era branco, perguntou Ricardo, começando sua manifestação, Caetano Veloso é branco, Chico Buarque é branco, a melhor jogadora de futebol do mundo, a Marta Vieira da Silva, é branca, a cantora Gal Costa é branca, o rapper Marcelo D2 é branco, a cantora Marina Lima é branca, Eu que tenho esse cabelo e esse nariz sou branco, perguntou projetando a voz duma maneira completamente excessiva prum ambiente como aquele da sala de reunião, mantendo a postura de ataque característica dos militantes estudantis de todas as gerações que eu tive a chance de conhecer, Pros brancos da elite interessa que os negros briguem entre si como estão brigando nas universidades do Brasil, interessa que os pardos não se assumam como negros, Concordo quando ele disse, e apontou pro Mauro, que não dá pra esperar pelo Poder Judiciário, Digo que também não dá pra esperar pelo Congresso Nacional, Com esses energúmenos que estão lá, e a tendência é de que só vá piorar, o sistema de cotas não vai ser renovado quando tiver que ser renovado, A não ser que ocorra um milagre, Todos nesta sala sabem disso, O contexto político democrático tá retrocedendo no Brasil, Não tem, neste momento, salvação do povo, não pela iniciativa das instituições públicas, tem, sim, é ameaça concreta contra o povo vinda das instituições públicas, pelas instituições públicas, As instituições públicas passaram a ser as inimigas da democracia, E esta comissão é prova disso, porque o objetivo aqui, e não vou nem perder meu tempo com essa ideia risível do software, é instituir um tribunal racial federal, e me olhou, eu que estava bem à sua frente, com um olhar possuído, de pura cólera, o cara era um ator, Todos aqui, inclusive eu, são privilegiados, Entramos na rede de favorecimentos pra poucos sortudos no Brasil, A lógica dos senhores de escravos ainda vale, Nos círculos de mando e de autoridade, o negro não entra, Quando entra, entra um, dois, no máximo, Isso é podre, Isso vai ter que mudar, As cotas deveriam ser pra sessenta por cento da população negra e indígena, Isso é que seria compensação, Isso é o que seria democracia, falou bem alto. Esse guri vai ter um AVC, pensei. A comunidade acadêmica precisa ser mais escura, E se pra ser mais escura os mais claros tiverem que ficar de fora, então que fiquem de fora, disse. O sotaque de carioca Zona Sul Baixo Gávea, que apesar de ter se mudado pro Paraná não perdeu o jeito de falar, não combinava com sua exasperação. Aquela manifestação foi a que mais me empolgou, mas, ainda assim, em algum momento, comecei a desenhar no bloco de anotações e me desliguei.

Ruy foi o mais previsível, falou do software, de como seria uma versão aplicativo pra celular, disse que gostaria de ver um cadastro nacional, onde constaria a qualificação racial dos candidatos, qualificação foi exatamente o termo que ele usou, defendeu que um cadastro nacional ia impedir que alguém que tentasse fraudar o sistema no Mato Grosso do Sul pudesse tentar de novo no Piauí. Olhando pra Demétrio, disse que era um entusiasta do reconhecimento facial e que o software partiria dos protocolos usados nos softwares de reconhecimento facial acrescentando outros elementos, claro, e garantiu que seria uma revolução, lembrou que o software afastaria definitivamente os fraudadores, disse que humanos falham e são incoerentes, que o software, mesmo que cometesse algumas injustiças, que poderiam ser reparadas pela comissão de recursos, seria coerente, e, pelo pouco que ele entendia do Direito, coerência era justiça. Falava tão rápido que não deixava espaço pra alguém fazer qualquer colocação, e se revelou o melhor vendedor de ideias do grupo. Ao final disse que sua mãe era mulata e que ele, apesar da pele branca bronzeada, se via como mulato-raiz, confidenciando, em seguida, não entender por que, duma hora pra outra, a palavra mulato, que estava até na Aquarela do Brasil, canção-hino conhecida e adorada em todos os cantos do planeta, como até o Caetano Veloso tinha observado outro dia, tinha entrado na lista das palavras politicamente incorretas, disse que relacionar o termo à palavra mula era ridículo, que mulato vinha do termo muwallad usado pelos árabes pra indicar os mestiços nascidos de árabes com mulheres que não eram árabes quando eles invadiram a Península Ibérica, e que mesmo que viesse de mula os usos e costumes tinham dado outra dimensão, outra conotação pro termo. Com sou um mulato e me orgulho de ser mulato, encerrou sua exposição. Pra Micheliny, que com certeza não concordava com aquela entusiasmada defesa da palavra mulato, só restou respirar fundo e encerrar os trabalhos da manhã avisando que voltaríamos às duas da tarde em ponto.

Quando todos já estavam de pé, tendo reparado que em vez de estar recolhendo o material pra dentro da sua pasta estava retirando outros maços de folhas impressas, Altair perguntou se ela não ia fazer intervalo de almoço. Micheliny disse que ia ficar ali organizando as atividades pra tarde. Ruy se candidatou pra ajudá-la. Ela disse que não recusaria. E ele ficou.

Não teve protagonismo, talvez o de Micheliny, que já era esperado, mas também não teve zeladores, como achei que teria. Saí um pouco frustrado, mas consciente de que ainda era cedo pra rotular quem quer que fosse naquela comissão. No corredor, Demétrio propôs um almoço coletivo, mas Mauro e Ricardo tinham compromisso, e os outros não se mostraram muito animados. Na espera pela passagem dum dos três elevadores, Ana Beatriz disse que estava gostando muito de participar daquele grupo. Andiara foi a única que respondeu, disse algo como espero que o bom andamento continue assim até o fim. O elevador da direita abriu com seis pessoas dentro, caberiam mais cinco. Ricardo disse que estava atrasado e se adiantou. Mauro falou primeiro as damas. Andiara disse que podia esperar pelo próximo, que não era muito amiga de elevador lotado. Eu disse que esperaria pelo próximo também. Ana Beatriz entrou. Demétrio hesitou, mas entrou. Altair entrou. Mauro olhou pra Andiara. Ela respondeu com um sinal de relaxa, pode ir. E ele entrou. A porta do elevador fechou. Nem dez segundos depois o elevador do meio abriu sem uma vivalma dentro. Andiara entrou, e eu entrei. Olhei pra ela, disse que não tinha certeza se ia almoçar, as duas fatias de bolo de cenoura ainda estavam sendo avaliadas pelo meu estômago. Ela riu, disse que também tinha exagerado. Eu disse que estava pensando em tomar um chope no Bar Brahma na Duzentos e Um Sul e perguntei se ela me acompanhava num chope. Ela balançou a cabeça e disse que estava precisando muito dum chope.

Fundada por imigrantes alemães na segunda metade do século xix, a Associação Leopoldina Juvenil é considerada o clube social mais elitizado de Porto Alegre e também o mais rigoroso quando o assunto é a entrada de não sócios nas suas dependências. Pra adquirir ingresso pras suas festas abertas, os de fora têm de estar acompanhados dum sócio, que informalmente se responsabiliza pelo bom comportamento do não sócio dentro do clube. Minha intenção hoje, no início da tarde, era ficar em casa à noite, dormir cedo, acordar cedo amanhã, dar uma corrida até a Redenção, fazer umas barras, umas flexões, uns abdominais, mas embarquei na lábia do Joel Mosco Heroico, um baita esperto que faz supletivo com o Lourenço, embarquei quando ele me ligou por volta das duas dizendo que tinha ingressos sobrando pruma festa que ia acontecer hoje, sexta-feira, dez de agosto, no Leopoldina, e, se eu tivesse interesse, que podia me repassar pelo menos um pra ele não ficar tão no prejuízo, garantindo que a festa ia ser a melhor festa porque a discotecagem ia ser do DJ Kafu, um cara da turma do meu irmão que trabalha como operador de áudio na Rádio Ipanema e vem fazendo o seu nome na cidade como disc jockey de festas de clubes grã-finos, tocando rock, som surfe e um pouco de som black nas festas do Grêmio Náutico União, nas da Sogipa e agora nas do Leopoldina, e porque a turma do Lourenço também ia.

Chego às nove e meia. A fila pra entrar está enorme, estendida pela calçada da Marquês do Herval, paralela ao muro do clube, deve estar além dos duzentos metros. Primeiro passo pela minha prima Elaine e suas três amigas, a Cíntia, que é a sócia do clube, a Rosi e a Nelma. Mais pra frente passo pelo Lourenço e seis amigos dele, o Anísio, o

Eduardo Travolta, o Manoel, o Rainer, o Lima e o Paulo André, estes quatro não são do Partenon, mas acabaram entrando pra turma do Lourenço porque jogam basquete com ele no Grêmio Náutico União. Paulo André é o único sócio do Leopoldina. Sigo uns metros adiante até encontrar o Joel Mosco Heroico, animado com duas gurias que acabou de conhecer ali na fila mesmo. Entrego pra ele o dinheiro dos ingressos que ele já tinha soltado mais cedo na minha casa. Ele me convida pra eu ficar ali com eles, levanta as sobrancelhas, arregala os olhos de Mosco Heroico, dá todos os sinais de fica aqui comigo e me ajuda a passar a cantada nestas duas maravilhosas. Converso um pouco com eles, mas não consigo me enturmar, não no mesmo nível de maestria do Mosco Heroico. As meninas são legais, riem de todas as besteiras que ele diz, completam com outras na sintonia pré-festa, sintonia que parece sempre meio patética se o cara não está nela. Digo pros três que a gente se fala lá dentro e me junto ao meu irmão e seus amigos.

E esse sapatinho de office boy do Banco do Brasil, Derico, pergunta Manoel fulminando meu Vulcabras 752 preto, que na minha cabeça é total rockabilly tropical e combina com minha camisa manga curta rockabilly tropical. Melhor que andar feito vocês, todos de docksider, Que vergonha, Parece que tão de uniforme, Tem regata hoje, provoco, Só o Paulo André tá usando um de cor diferente, Será que não dava pra, pelo menos, variarem a cor, rapeize, Vocês tão sacando o mico, não tão, digo. Eles riem. Na verdade, estão bem felizes por usar o mesmo calçado. Nas festas do Leopoldina são poucas as opções de calçado pra quem é adolescente porque não é permitido entrar de tênis. Resolveu sair da toca, Bacana, pergunta Manoel. Pois é, tava precisando sair, eu falo. É muito estudo nessa cabeça, Bacana, ele continua, Tem que sair um pouco mesmo, pegar um ar, olhar as gurias, e passa o braço por cima dos meus ombros pra me dar um abraço de lado. Dá dois apertões e me solta. Não quis ficar com o Mosco, pergunta Lourenço, Daqui parece que o cara tá se dando muito bem, diz. O Mosco é profissa demais pra mim, não consigo acompanhar, respondo. O cara não consegue chegar num lugar sem dar em cima da cocota que tiver mais na feição, diz Anísio. Não perdoa nem as dos amigos se neguinho bobear, diz Travolta. E aí, Tudo certo, Derico, pergunta Lourenço, Faz dias que a gente não se vê, registra. Pois é, mano, os horários não tão batendo, concordo. Tem falado com o pai, pergunta. Sim, tenho, Por quê, pergunto. Não cruzo com ele em casa faz três dias, Lourenço fala. Tomei café com ele hoje de manhã, antes de ir pro quartel me apresentar pra seleção, Dizer o quê, Tá na correria de sempre, no estresse de sempre, eu falo. O velho é foda, ele diz. Tem mais energia do que nós dois juntos, completo. Mas e aí, Como foi lá no recrutamento, pergunta. Tudo certo, respondo. Alguma chance de te pegarem, pergunta. Espero que não, A última coisa que eu quero fazer nesta vida é servir, respondo. Ainda não sei se não quero servir, ele diz. Mudo de assunto. Como é que tão indo as aulas, pergunto. De boa, ele diz. De boa, Sei, Tem ido, pergunto. Sim, Não tem erro, Ano que vem pego o diploma, fala. Não vacila, Lourenço, O pai e a mãe se preocupam, O coroa não demonstra, como a mãe demonstra, mas acho até que, dos dois, é o mais preocupado, Esse negócio de tu ficar rodando de ano deixa eles loucos, digo. Recado recebido, ele fala e se afasta, Vou dar uma circulada, Ver quem tá mais lá pro fim da fila, avisa. O ver quem tá mais lá pro fim da fila dele é, na real, será que a Etel vem nesta festa. Etel, filha de judeus donos da principal rede de lojas de brinquedo da cidade, a menina que aparece de surpresa lá em casa fazendo visitinhas, ficando com ele, no quarto dele, escutando os discos que ela leva, a menina que dá um nó na cabeça dele, porque namoram lá em casa, mas, na rua, dependendo de com quem ela está, principalmente se estiver com alguém da família ou próximo da família, que não faz a menor ideia de que ela é apaixonada por um negro, faz de conta que ele é apenas um colega qualquer do supletivo. Lourenço diz que a relação deles está muito bem assim como está, que ele sabe como ir levando, que ela é só mais uma das riquinhas que estão na dele porque ele faz trabalhos como modelo e faz pontas em comerciais de televisão e essas coisas, mas a real é que ele gosta dela, e esse casinho-segredo deles, que já vai pra mais de um ano, está destroçando ele por dentro. Vou contigo, diz o Manoel. E se vão.

Fico com os outros cinco, fico na minha, só escutando a história que o Travolta está contando pro Lima, pro Rainer e pro Paulo André. Anísio está aéreo, parece até menos animado do que eu. Deixo que fique como está. Travolta é bom de relatos envolvendo putaria, o relato é sobre a primeira transada com a professora particular de matemática, física e química que sua mãe, advogada renomada duma família tradicional do Partenon, mulher viúva bem de vida, que poderia ter saído do Partenon anos atrás, mas descartou trocar o bairro onde nasceu por outro, e que disse que não ia botar o seu dinheiro suado em cursinho pré-vestibular pro filho, porque cursinho é tudo caça-níquel, picaretagem da grossa, acabou contratando junto com outra de português, geografia e história pra ele, Eduardo Travolta, filho amado que não era muito de estudar, ter um aproveitamento melhor nos estudos de preparação pra entrar na universidade. Eu já conheço a história. Está quase no fim, na verdade já chegou ao fim, Travolta só está repassando os detalhes mais picantes, pontuando que dar pra ele tinha sido iniciativa dela, que era uma nerd graúda e fogosa, o tipo de nerd determinada que sabia o que queria e sabia usar um homem quando e como queria. Já não achando tanta graça naquela repetição de detalhes, que sem dúvida eram novidades pro Lima, pro Rainer e pro Paulo André, que eram do Moinhos de Vento e da Auxiliadora, mas não eram nada novas pra caras do Partenon, como eu e o Anísio, olho na direção da frente da fila, da fila que ainda não começou a andar, e vejo que minha prima Elaine está discutindo com duas gurias, duas gurias que estão com outros seis caras, todos vestindo camisetas do Grêmio, exceto um, o mais corpulento, que está com uma camiseta de surfe da K&K.

Não é dia de jogo do Grêmio, é véspera do dia onze, dia em que em dezembro do ano passado o time do Grêmio venceu a Copa Intercontinental, a Copa Toyota, dia em que, todos os meses, os gremistas, em massa, vêm se vestindo com as camisetas do clube pra comemorar a histórica conquista. Como é uma sexta-feira, não é surpresa ver grupos de amigos, que provavelmente não vão se encontrar no sábado, antecipando as comemorações em churrascos caseiros, em restaurantes, em bares, nas ruas.

Dou uns passos à frente, vejo quando Elaine bota o dedo no rosto da guria, que, além da camiseta do Grêmio, também está usando um boné do Grêmio. Um dos caras, o que está com uma camiseta polo com o brasão do clube bordado nas mangas, se coloca entre elas, parece que tentando apaziguar a situação. Os outros cinco caras e a outra guria, a de tiara na cabeça, ficam só olhando. Mesmo à distância, dá pra perceber na postura deles que sabem que estão na sua área e aquela guria, a minha prima Elaine, não. Começo a caminhar na direção deles. O que está com a camiseta polo com o brasão do Grêmio bordado nas mangas segura o ombro da guria de boné e fala com ela, mas ela não arreda, não está nada intimidada, pelo contrário, está tão furiosa quanto a minha prima. Pede desculpa, anda, patricinha, pede desculpa, é a primeira frase que consigo escutar saindo categórica da boca de Elaine. Acelero o passo. Elaine percebe que sou eu quem se aproxima. O que tá acontecendo aqui, pergunto pra ela. Tu acredita, Federico, que essa maluca passou aqui do meu lado me encarando e falou pra outra, essa daí, que eu tenho que aprender a alisar melhor o meu cabelo se quiser vir numa festa do Leopoldina, disse. Não falei nada disso, Não é, Carol, Essa guria tá viajando, retruca a do boné do Grêmio. A de tiara balança a cabeça concordando. O que aconteceu é que passei por ela, olhei pra ela como olho pra qualquer pessoa, e ela me empurrou, diz a de boné sem desviar o rosto do rosto da Elaine. Amigo, diz o da camiseta polo com o brasão do Grêmio bordado nas mangas, Tô te reconhecendo, Tu é o Federico, não é, Sou o Douglas, A gente se conhece do basquete mirim, Fui da equipe do Farroupilha, registra. Cara, tua amiga falou merda, Vai ter que pedir desculpa, eu digo. Não vou pedir desculpa nenhuma, diz a de boné. Vamos acalmar os ânimos, diz o cara com a camiseta polo com o brasão do Grêmio bordado nas mangas, A gente segue o nosso rumo, Vamos pro churrasco pra onde a gente tá indo, Vocês ficam na boa aí, curtem a festa de vocês, Pode ser, Se a gente começar a discutir aqui na frente, os seguranças do clube vão chamar a polícia, Vai dar bolo desnecessário, Vão barrar vocês, Não sou sócio do clube, mas sou do bairro, sei como esses caras do Leopoldina não deixam confusão se criar aqui na frente do clube, e olha pra Elaine, Desculpa de verdade se a gente te ofendeu, Não foi a intenção, Posso garantir que tu entendeu errado, Desculpa, diz e, pegando a de boné pela mão, começa a andar se afastando de Elaine e de mim. Eu olho pra Elaine, e Elaine sai da fila, corre os poucos metros que a separam do cara da camiseta polo com o brasão do Grêmio bordado nas mangas e da guria de boné, segura o braço dela. Me solta, maloqueira, diz a do boné. Elaine não solta. Vamos deixar assim, o cara da camiseta polo com o brasão do Grêmio bordado nas mangas diz e olha pra mim, Por favor, Vamos resolver isso agora, e me estende a mão. Esquece, Douglas, Não dá conversa pra essa gente, diz o de camisa manga longa do Grêmio, que está do lado da menina de boné. Eu ponho a mão no peito dele, do cara da camisa manga longa do Grêmio, e empurro. Não faz isso, diz o cara da camiseta polo com o brasão do Grêmio bordado nas mangas. O da manga longa vem pra cima de mim. Dou um chute de planta do pé na barriga dele, um chute que ele não estava esperando. Ele se curva de dor. Dentro da minha cabeça algo explode, sinto uma euforia inusitada. E o tempo já não é o da vida, não o de como eu estava levando a minha vida antes do dia de hoje.

Quando o da manga longa se ergue, numa sincronia absurda, vejo Anísio surgir do nada e, num salto, que só um cara bom de briga como ele sabe dar, acertar uma voadora de dois pés no peito do cara da manga longa. Os outros reagem, não sei como não tinham reagido antes. E no mesmo instante vejo Lourenço, Manoel e Travolta partindo pra cima deles. As gurias começam a gritar, toda gente ao redor começa a gritar, Elaine acerta um tapa no rosto da guria de boné. A guria do boné abre o maior berreiro. Escuto o cara da camiseta polo com o brasão do Grêmio bordado nas mangas pedindo pra alguém chamar os seguranças. Vou pra cima do cara da camisa manga longa, que ainda está no chão, dou três socos na cara dele, ele tenta se defender, mas não consegue.

Os seguranças do clube aparecem, bem no instante em que do outro lado do muro, provavelmente sem ter a menor ideia do que está acontecendo aqui fora, DJ Kafu dispara a primeira da noite, Can You Feel It, dos Fat Boys, a todo volume. Um dos seguranças, o maior deles, por coincidência um conhecido nosso do Partenon, o Dante da Cefer, leão de chácara baita profissional, famoso na cidade inteira, grita rapem fora daqui, os pés de porco vão chegar e vão descer o sarrafo em vocês, seus encrenqueiros, e me pega pelo braço. Teu pai sabe que tu tá metido em briga, pergunta, e depois olha pro Lourenço, Leva teu irmão daqui, e olha pra mim, Tu tá fora de controle, guri, Vão embora, Aproveita que nenhum de vocês dois se machucou, Quando a polícia chegar eu não vou poder fazer nada por vocês, dá o ultimato. Lourenço grita um vamos nessa pros amigos. Cada um deles corre prum lado. Eu e Lourenço corremos até a esquina com a Félix da Cunha. Antes de dobrar a rua na direção do Parcão, paro, olho pra trás, vejo o cara da camiseta polo com o brasão do Grêmio bordado nas mangas, que acabou trocando socos com o Travolta, e pelo jeito levou a pior, ele está imóvel, me encarando de longe, e seu olhar me dizendo tu podia ter evitado tudo isso, podia e não evitou.

Andiara e eu começamos a sair pra jantar quase todas as noites. Ela teria a companhia dos seus colegas de Ministério Público Federal em Brasília se quisesse, mas como estava em licença-prêmio não queria ficar flanando demais pelos prédios da Procuradoria-Geral da República, queria mesmo era aproveitar a licença pra terminar as pesquisas e leituras que fazia havia um ano e pouco pro livro sobre a relação entre direito econômico e direitos fundamentais que estava escrevendo pruma editora de livros jurídicos de São Paulo, cujos editores estavam aguardando os originais pro início de dois mil e dezessete. As frases eu preciso tomar jeito, preciso muito acabar esse livro até fevereiro do ano que vem, preciso começar a escrever os capítulos que estão faltando, eu não sei se fiz bem quando pedi pra entrar nessa comissão, todas elas, saíram randomicamente da sua boca em intervalos variados, por baixo umas quinze vezes, ao longo da nossa conversa no dia em que tomamos quatro chopes no Bar Brahma durante o intervalo do almoço da segunda reunião da comissão, o que me obrigou a perguntar como podia alguém, durante a fruição duma licença-prêmio, aceitar participar de comissão governamental com programação de encontros tão extenuante como a nossa quando devia estar bem longe da chatice, da burocracia, da função de procuradora regional da República, e focada na escrita do seu livro. Ela disse que foi uma iniciativa meio impensada da parte dela, que foi uma situação em que a sua inteligência emocional manauara não funcionou como devia, o procurador-geral tinha deliberado que, dada a gravidade da matéria e das possíveis repercussões das diretrizes da comissão das cotas raciais, o melhor seria a presença dum procurador regional da República, e ela se candidatou porque achou que as idas às reuniões iam fazê-la não se obcecar demais, não imergir demais nas pesquisas e leituras do material pro livro, achou que as reuniões seriam um respiro, que lhe dariam melhor perspectiva em relação ao que de fato precisava ler e interpretar, além de ajudá-la com alguns dos pontos mais importantes do livro, como a valorização do trabalho, a garantia da existência digna e o princípio da justiça social na ordem econômica brasileira, disse que não via nada mais socialmente injusto do que a crise do programa de cotas raciais pra estudantes naquele momento. Respondi que, no buraco sem fundo das injustiças sociais no Brasil, naquele momento, tinha coisa muito mais premente do que o questionamento das cotas raciais na educação. Ela respondeu com uma careta do tipo olha, sabichão das causas sociais, depois eu te dou o troco de jeito, e sorriu.

Tivemos uma conexão rara, uma conexão que se estabeleceu numa rapidez rara. Naquela mesma noite, sem ligar pro fato de ser uma terça-feira, saímos pra jantar na Trattoria da Rosário na estrada Parque Dom Bosco, Lago Sul. Bebemos vinho, nos empolgamos com a conversa. Estávamos na metade da segunda garrafa quando o garçom veio e nos entregou a conta. Foi quando percebemos que estava tarde e éramos os últimos clientes no lugar. Andiara agradeceu, disse que o jantar naquela noite era por conta dela, que eu pagaria na próxima. Aceitei. Enquanto o garçom recolocava a rolha na garrafa a meu pedido, ela perguntou se a gente não ia terminar a metade que restou em outro lugar. Em outro lugar, perguntei. O garçom se afastou. No seu apartamento, talvez, ela respondeu. Falei que talvez fosse melhor deixar o vinho e o meu apartamento pra outra noite. Sem perder o rebolado, ela disse que pelo menos eu não estava negando a possibilidade de outra noite, chamou o garçom, que estava começando a recolher as toalhas, e entregou pra ele a garrafa dizendo que era um presente.

Duas noites depois, saímos pra jantar no New Koto na Duzentos e Doze Sul. Quando pedimos a terceira garrafa de saquê, ela disse que estava feliz por ter me conhecido. Respondi que sentia o mesmo.

Ela perguntou se eu não queria ir pro apart-hotel onde ela estava hospedada. Respondi que talvez fosse cedo pra gente se envolver. Ela perguntou se eu tinha outra pessoa. Não respondi. E ela respondeu por mim dizendo que eu tinha outra pessoa. Você é terrível, Andiara, eu disse. Não sou terrível com todo mundo, Federico, Na verdade, ao longo da vida, tenho sido terrível com um número bem reduzido de pessoas, falou. Não quero que você me entenda mal, eu disse. Ela sorriu. Só porque não vai trepar comigo, ela disse. Tu é incrível, É incrível, eu estava no clássico ponto da embriaguez de saquê em que me tornava incapaz de articular frases melhores sem antes me submeter a enorme esforço de concentração, sorri. Ela sorriu também. É complicado, eu disse. Eu não me importo de apenas trepar, ela disse. Ruborizei. Olha, Federico, A gente gosta de estar um com o outro, Esta é só a quarta vez que nos encontramos e, não querendo abusar dos clichês, é como se eu já conhecesse você há anos, disse. Então, É um pouco mais complicado, Andiara, porque, sim, tem uma pessoa, Eu morei com essa pessoa, Vivemos alguns bons anos juntos e depois nos separamos, Só que no final do ano passado a gente se encontrou e acabou ficando, eu disse. Treparam, ela disse. Sim, trepamos, eu disse. Depois de estarem quanto tempo separados, perguntou. Quinze anos, respondi. Ficar com ela mexeu com você, ela disse. Sim, eu disse. E ela, claro, não levou você a sério, Andiara disse. Ela já estava enrolada com um cara, o cara que tá morando com ela hoje em dia, eu disse. Rapaz, que situação essa que você se colocou, ela observou. E eu estou assim, com essa sensação insana de fim de festa, de que mais nada anda valendo muito a pena, Que a vida, a minha vida, em perspectiva, é muito menos do que eu imaginava, eu disse. Clássica crise dos cinquenta anos, clássica queda de testosterona no corpo, Nada que não se resolva num estalar de dedos, emendou, também estava bêbada. Tu é terrível, falei. Você vai ter que escolher, Sou terrível ou sou incrível, ela disse, Já adianto, prefiro ser terrível, Gasto quase toda minha energia tentando ser incrível no dia a dia do Ministério Público, completou. Terrível, reforcei. Levantou da cadeira e, por cima da mesa, deu um beijo demorado na minha testa. No jantar de amanhã você me conta quem é essa pessoa, disse, voltou a sentar e pediu a conta, a conta que daquela vez era eu quem ia pagar.

No terceiro jantar, o do dia seguinte, no Empório Árabe na Duzentos e Quinze Sul, logo que nos acomodamos à mesa, ela me avisou que tinha mudado de ideia, que não queria mais saber por que um cara bonitão e saudável como eu estava naquela onda estranha, que o que ela podia fazer era me respeitar e continuar disponível pra me encontrar à noite pra fazermos coisas divertidas, sem trepar, como dois amigos que se sentem atraídos um pelo outro sempre podem fazer. Dois amigos recentes que conseguiram a senha pra tornar Brasília menos chata do que já é, falei. E ela concordou. Tivemos mais cinco saídas, duas pra ir ao cinema, três pra jantar. Em alguma delas acabamos no apart-hotel onde ela estava hospedada, trepamos, e foi bom.

A comissão estava no seu quinto dia de reunião, no dia seguinte ia ser o sexto encontro do grupo. Era cada vez melhor estar ao lado de Andiara. Aquela saída pra jantar, justo na noite do feriado de comemoração da Independência do Brasil, na contagem das nossas saídas pra jantar, era a sétima. Combinamos às nove e meia no Tejo na Quatrocentos e Quatro Sul. Ela tinha uma entrevista com uma juíza federal de Fortaleza, que era uma autoridade em mercado e justiça social, uma que tinha ajudado a fundar o PSOL quando morou no Rio Grande do Sul, mas que depois acabou largando a vida acadêmica e o ativismo político pra fazer concurso pra magistratura federal, e que estava de passagem por Brasília, e se atrasou. Chegou às dez, pedindo desculpas. Enquanto me contava empolgada o quão incrível era a tal juíza, comecei a receber umas mensagens pelo WhatsApp, não dei atenção, mas quando comecei a receber pelo SMS fui conferir. Tinha dez chamadas telefônicas, eu tinha silenciado as chamadas telefônicas não sei como. Era o meu irmão. Não perdi tempo escutando as mensagens de voz que ele deixou, pedi licença pra Andiara, levantei, fui até o hall de entrada do restaurante, liguei pra ele. Oi, Lourenço, O que houve, mano, eu disse. Tô meio atordoado aqui, Derico, Roberta foi presa, disparou. Aquilo me pegou desprevenido. Roberta, a única filha do meu único irmão, sobrinha que era também minha afilhada, que tinha perdido a mãe aos oito anos de idade num acidente de carro, acidente a respeito do qual Lourenço se negava a falar. Presa, Como assim, perguntei. Ela foi num protesto convocado por um desses grupos de militância política estudantil que se comunicam pelo WhatsApp, E foi no fusquinha dela, Pegaram ela numa barreira policial, recolheram o carro, Olha os WhatsApps que te mandei, Olha agora, Preciso que tu venha pra cá, disse. Não esquenta, irmão, Eles prendem estudantes, mas acabam soltando, Nesta crise de espaço em presídios, não tem como segurar estudante preso, disse aquilo porque foi a maneira que encontrei pra tentar acalmá-lo, porque sabia que naquele segundo semestre de dois mil e dezesseis estudante universitário era preso, sim, e ficava preso, sim, Tu já procurou um advogado, perguntei. Sim, Federico, Já tem um trabalhando pra soltar ela, É o Augusto, pai dum atleta meu duma das equipes de basquete do clube, um dos melhores advogados de Porto Alegre, Agora vou desligar, Olha as mensagens de WhatsApp que te mandei, Por favor, disse. Meu irmão jamais ia pedir por favor numa conversa por telefone se não fosse grave. Vou desligar aqui, Falamos pelo Whats, reiterou e desligou.

Olhei as mensagens do WhatsApp, diziam que, por causa da repercussão de vários protestos contra uma reintegração de posse dum prédio público que tinha sido ocupado meses atrás por famílias do Movimento dos Trabalhadores Sem Teto, a Brigada Militar tinha feito várias blitz do tipo bloqueio com armamento pesado e tudo nas principais ruas de saída do Centro Histórico de Porto Alegre, que pararam o fusca da Roberta, o fusca que provavelmente já estava sendo monitorado pela P2, que a fizeram sair do carro, revistaram porta-malas, o motor, o interior, e acharam o revólver trinta e dois do Anísio. Gelei. O trinta e dois que nós escondemos no sótão da nossa casa na Coronel Vilagran Cabrita em mil novecentos e oitenta e quatro, o revólver que estava com Anísio e só foi usado, com consequências desastrosas, pelo próprio Anísio, como Lourenço, menos relutante, só quis me contar no dia seguinte, porque Anísio, depois que todos nós saímos da frente do Leopoldina Juvenil, resolveu ir atrás da Rita, uma guria da Oscar Pereira que tinha um poder de atração incontrolável sobre ele, ele tentava se segurar, mas não tinha jeito, era coisa de bruxaria, como ele dizia, ela estava numa festa no Clube Caminho do Meio, na Santa Cecília, ele conseguiu uma carona até sua casa, trocou de roupa, tirou os docksiders e a camiseta, calçou suas botas de couro, vestiu uma das suas camisas manga curta com listras, a que estava usando quando se materializou na nossa frente no Xis do Bodinho, camisa estilo bandido Lúcio Flávio Passageiro da Agonia, o estilo que a Rita gostava, e, como já tinha feito outras duas vezes, decidiu apanhar emprestada uma das armas do seu irmão, que era cabo da Brigada Militar, pegar pra impressionar a menina, e se tocou de moto pro Caminho do Meio, e lá encontrou Rita, convidou ela pra darem uma volta, ela sugeriu de irem até o Mac Dinho's na esquina da São Luís com a Princesa Isabel, que era aonde boa parte da cidade ia, pra comerem umas batatas fritas e depois voltarem pro Caminho do Meio, no Mac Dinho's, recém-chegados, cercados pela multidão de adolescentes que infestava as calçadas e parte da rua enquanto rolava show de empinadas de motos, de aceleração, cantada de pneus e arrancadas de carros na Princesa Isabel, e, enquanto decidiam se iam mesmo pedir as fritas, o que podia ser uma baita furada, porque estava cheio demais e iam ter de comer em pé, ou voltar pra festa no Caminho do Meio, chegaram quatro dos gremistas que estavam na confusão do Leopoldina Juvenil, vendo os quatro se aproximarem, mesmo sacando que estavam com jeito inconfundível de quem procura por outros caras, os caras com quem queriam acertar contas, Anísio não se alarmou, pelo contrário, ficou frio, não deu bandeira, estava com outra roupa, estava em outro contexto, achou que podia passar despercebido, mas um dos caras reparou na Rita e, na sequência, o reconheceu, o cara avisou os outros, e no mesmo segundo foram os quatro pra cima dele, um, o que estava com uma camiseta de surfe da K&K, o único que não estava com uma camisa do Grêmio, chegou a tirar do bolso um soco-inglês, Anísio pediu pra Rita ficar ali onde estava e saiu correndo pela São Luís na direção da Ipiranga, depois dobrou à direita na Leopoldo Bier, os caras eram bem maiores do que ele, com pernas mais longas do que as dele, por mais Wolverine irracional que fosse quando se tratava de briga, não tinha o que fazer, no meio da quadra parou, se virou, sacou a arma, deu um tiro pra cima, três deles pararam, mas o que estava usando o soco-inglês, o da camiseta de surfe da k&k, não parou, Anísio atirou no peito dele, e ele tombou, com a arma em punho, mirando nos outros, que se encolheram, Anísio passou pelo corpo caído e pelos três, foi até a esquina com a São Luís e, desconsiderando por completo as pessoas que olhavam assustadas praquele cara segurando uma arma, continuou até a sua moto, colocou o revólver na cintura, destravou o guidão, colocou o capacete, ligou a moto, arrancou de volta pro bairro, de volta pro Partenon, onde nos encontrou no Xis do Bodinho, maldito revólver, que era do irmão psicopata dele, brigadiano violento pra caralho, da equipe de caratê da Brigada, capaz de estrangular o Anísio se o pegasse de jeito, revólver que decidimos esconder porque Anísio, que não ia se entregar, os caras do Moinhos de Vento não iam deixar barato pra cima dele, disse pro Lourenço que esconder a arma era a melhor coisa a se fazer numa situação como aquela. Gelei, de verdade. Podia ter mandado mensagens perguntando onde ele tinha escondido a arma pra filha dele, de dezoito anos, achar e levar prum protesto no centro da cidade, perguntar por que, diabos, ele não me entregou a arma pra eu tratar de desaparecer com ela numa das tantas vezes em que pedi pra ele me entregá-la, dizer pra ele nem inventar de contar pro pai que Roberta tinha sido presa, dizer mais um monte de coisas, mas imaginei tudo o que estava passando na cabeça dele naquele momento e, dizendo pra mim mesmo que eu ia assumir toda a responsabilidade pela origem da arma, porque uma prisão por porte ilegal de arma não era brincadeira, segurei meus cavalos, escrevi apenas que eu ia pegar o primeiro voo da manhã pra Porto Alegre.

Voltei pra companhia de Andiara. O rosto dela resplandecia, queria me contar as coisas que a juíza tinha dito, queria saber como tinha sido a minha ida até a Universidade de Brasília pela manhã pra me reunir com um grupo de estudantes que estavam questionando o funcionamento da nossa comissão, estudantes que faziam parte dum coletivo nacional que, mesmo mantendo a defesa do sistema de cotas, estava comprometido com o apaziguamento dos conflitos entre alunos a favor e contrários às cotas, queria falar sobre qual seria nossa estratégia pra reunião do dia seguinte na comissão. Eu não podia falar da arma, a arma que estava eliminada da minha lista de preocupações fazia muito tempo, não queria falar da prisão da Roberta. Tudo bem, Federico, ela perguntou. Tudo, respondi, Só vou ter de ir a Porto Alegre amanhã cedo, E, antes que você pergunte, te digo que não é nada sério, É só uma coisa que exige a minha presença, eu disse. A situação da minha sobrinha era grave, mas eu não era advogado, era o tio que arcaria com todas as responsabilidades sobre a procedência da arma ou o que fosse, porque tinha consciência de que tinha sido meu destempero o que, direta ou indiretamente, levou Anísio a puxar duas vezes o gatilho daquele revólver. A responsabilidade era minha, não importava o que Lourenço dissesse. Admitir pra mim mesmo, sabendo que o trinta e dois estava de volta pra nos afetar, que a responsabilidade era só minha me tranquilizou, me centrou duma forma instantânea. Sim, a situação da minha sobrinha era grave, mas era só uma parte dum inferno cuja paisagem eu não conseguia anular, por excesso de culpa, por fraqueza, onde a arma era só um detalhe, um objeto, um grão, um inferno que parasitava as consciências de todos os Federicos que, ao longo de mais de trinta anos, eu tinha sido, um inferno que tornava todos os outros infernos eventuais do cotidiano meras fagulhinhas na normalidade geral que o meu olhar, meu modo de ler a vida, recusava, a normalidade engessada pelo distúrbio que as pessoas chamavam de racismo, pela devastação psíquica por ele causada, não importa o que os outros dissessem pra tentar me convencer de que não estava tão ruim assim, de que o ódio contra os pretos e o nojo em relação aos pretos estavam menores, de que no passado a coisa tinha sido muito pior, sim, a situação da minha sobrinha era grave, mas eu precisava dizer pra mim mesmo que Porto Alegre e a volta súbita e total do pesadelo que nunca foi por mim esquecido podiam esperar, eu não ia comprometer nada ficando com Andiara naquele restaurante mais um pouco pra depois do jantar ir atrás das passagens aéreas e o resto. Perguntei se tomaríamos vinho, Andiara disse que não estava certa, que tomou uma taça de espumante com a juíza, que talvez o melhor fosse não misturar e continuar no espumante.

Depois de quase uma hora de conversa, Andiara resolveu romper de vez o cerco do equilíbrio que era uma de suas características mais marcantes. Sabe, Federico, Você poderia ao menos me dizer, me explicar, o que te faz querer estar comigo, mas não querer se envolver comigo, perguntou. É uma coisa minha, Andiara, Um cansaço meu, eu disse. Cansaço, ela perguntou. É, Um cansaço que começou no ano passado, Que apareceu numa situação bem corriqueira, eu disse. Pode me contar, perguntou. Posso, eu disse, Eu tava num táxi, tinha saído da casa dos meus pais, tava indo pro aeroporto lá em Porto Alegre, e, do nada, Quer dizer, Acho que um pouco porque o meu pai, que é um cara bem ativo pra oitenta e cinco anos, me cobrou quando passei na casa deles pra me despedir, Me cobrou, meio que me pressionando, cobrou que eu fosse pra política, que entrasse num partido, fizesse campanha, me elegesse, tentasse ser um líder da política, e não ficasse só enxugando gelo, como os coadjuvantes fazem, como o coadjuvante que eu era estava fazendo, No banco de trás daquele táxi eu entrei num túnel mental extremo, perguntei pra mim mesmo se teria estômago pra encarar um mandato no parlamento, comecei a repassar todas as coisas que eu ainda imaginava fazer na vida, todos os caminhos possíveis, e não consegui me ver feliz ou realizado em nenhum deles, Nenhum deles parecia forte de verdade pra justificar, Sei lá, Justificar a existência, o meu entusiasmo, a minha reserva de energia vital, falei. Isso acontece, Federico, às vezes estamos ansiosos e nem sabemos, O cérebro dispara e nos cobre com dezenas de perguntas, imagens e expectativas que não podem ser enfrentadas num segundo só, ela disse. Sou ansioso, Andiara, Sabe, Aos vinte anos fui diagnosticado como um cara ansioso, Sei reconhecer quando a crise de ansiedade tá chegando, Depois de alguns anos de terapia, aprendi a desligar as máquinas, A ansiedade aparece, mas nem chega a se criar, Aquele súbito balanço mental no táxi não era ansiedade, Não era mesmo, Era só eu me dando conta de que tinha descartado uma quantidade intolerável de coisas que foram importantes pra mim ao longo do percurso, da grande jornada, E nessas coisas importantes, que podem ser contadas nos dedos das mãos, estava, e está, na maioria delas, sempre uma mesma pessoa, uma pessoa que foi importante pra mim no final da adolescência, no começo da idade adulta e é até hoje, Foi nela, nessa pessoa, que eu me agarrei nas vezes em que me dei conta de que estava perdendo a sensatez, foi ela a pessoa que eu culpei nas vezes em que precisei achar alguém que me amasse de verdade pra culpar, a pessoa pra quem me dediquei, como nunca mais consegui me dedicar pra nenhuma outra, Ela, E a alegria dela, A segurança dela, E até os defeitos dela, eu disse meio atrapalhado, meio envergonhado. Como ela se chama, e deu pra ver no rosto de Andiara que aquela pergunta não ia ser a sua última. Bárbara, eu disse. E ela também trabalha com jovens negros, perguntou. De certa forma, É psicóloga com experiência em atendimento clínico de ativistas, de pessoas que militam em movimentos populares, gente que se joga de cabeça, que pensa no outro antes de pensar em si, gente que trabalha por mais justiça social neste nosso país-cilada, e que, por não respeitar certos limites ou até por desconhecer os próprios limites, por ter menos sorte ou por se envolver numa situação descomunal, se traumatiza, É muito comum, sabe, isso de ser ativista, ser militante com trauma sério, eu disse. Eu sei, convivo com muitas pessoas assim lá no norte, ela disse. Pois é, E a lista é longa, Ela atende gente do movimento contra a violência policial nas favelas, gente que luta pela diminuição da violência doméstica, que milita contra assassinato no campo por ordem de fazendeiro, de prefeito, de governador, que apoia lideranças indígenas, esse tipo de pessoas que se engajam em alguma luta contra algum tipo de opressão, pessoas que se expõem e nem sempre conseguem manter a estabilidade emocional, a saúde mental, E por aí vai, eu disse. Você mudou completamente quando começou a falar nela, Andiara observou. Fomos namorados no ensino médio, falei, Depois ela me largou por um cara, um cara mais velho que mostrou pra ela coisas que eu, um coitado que andava a reboque dos outros mais esclarecidos, mesmo se achando o melhor de todos, nunca ia ser capaz de mostrar, Depois, anos depois, nos encontramos, e ela me ajudou a diminuir um pouco uma raiva que eu tenho dentro de mim, uma raiva que faz minha ansiedade parecer nada, Voltamos a sair e acabamos morando juntos, Tipo casados, Quer dizer, Casados, falei. Até que se separaram, ela disse. Ficamos juntos por seis anos, foi quando eu me tornei esse faz-tudo em prol da juventude negra do país que sou até hoje, eu disse. Seis anos, Bom tempo, Andiara observou. É, Ficamos juntos até que um dia eu vacilei, eu disse. E vacilar significa exatamente o quê, ela perguntou. Significa muitas coisas, significa fazer escolhas que, eu diria, são escolhas pouco fiéis quando se tá cumprindo uma promessa, a promessa de tentar ser feliz ao lado de alguém que realmente precisa que você esteja feliz, escolhas que trouxeram de volta o ruído, a raiva que me tira a felicidade e faz eu acabar com a felicidade de quem tá do meu lado, escolhas que me fizeram ressentir e depois explodir. Acho que não estou entendendo, falou e fez sinal pro garçom. Você vai pedir outra garrafa de espumante, perguntei. Exatamente, meu amigo, ela disse. Não vou te acompanhar, avisei. Ela me olhou e piscou. O garçom se aproximou. Outro espumante, E uma água mineral, e esperou o garçom sair, Quero ficar mais um pouco com você, Pode ser, perguntou, Você toma água, e eu bebo o suficiente pra impedir que amanhã meu superego me expulse da cama a pauladas para comparecer na reunião da nossa comissão, Coloca isso na minha cota de solidariedade anual, Você falta, Eu falto também, Em puro gesto de solidariedade ao colega, brincou. Pra onde vamos então, perguntei. Vamos para a Estação O Arrependimento de Federico, e ficou me encarando. Acho que tem um pouco de arrependimento, sim, Mas o que pesa mesmo é a sensação de que cansei de mim mesmo, do que vivi, do que tentei fazer e não consegui, da minha insignificância, uma da qual eu sempre tentei escapar, mas não consegui, expliquei. Cansaço de si mesmo, Faz sentido, ela disse, E flertar, Se apaixonar, Namorar também estão nesse pacote do cansaço, ela perguntou. Não consigo mais flertar, Andiara, Não atualmente, Até consigo me interessar por quem vale a pena, Mas quando envolve afeto, Situações novas, não querendo ser rude, Tudo parece mais do mesmo, falei. Tem tanta gente legal no mundo, e levantou o dedo indicador. Sim, Andiara, Chegar nas pessoas legais é fácil, Sair delas, quando vejo que não estou correspondendo de novo e de novo, é que tá cada vez mais difícil, mais sem sentido, mais dolorido, falei. O garçom trouxe o espumante e a água, serviu a taça dela e o meu copo. Sabe, Brasília é um porto, Não tem barcos, mas é um porto, As pessoas não deveriam morar em portos, Portos são sempre lugares movediços, perigosos, muito perigosos, falou olhando embriagada pra sua taça. Pode ser que você esteja certa, eu disse. Há quanto tempo você não se encontra com Bárbara, perguntou. A última vez que encontrei ela foi no dia oito de dezembro do ano passado, uma semana depois de termos ficado juntos, Numa festa na casa dum amigo, Ela tava com o cara que hoje é o namorado-marido dela, eu tava meio alto, Pedi ela em casamento, eu disse. Na frente do namorado, perguntou. Não, claro que não, Não sou esse tipo de imbecil, respondi. E ela nunca mais falou contigo, disparou. Tu andou pesquisando minha vida, Andiara, falei rindo. Ela gargalhou, sacudiu a cabeça e ainda fez sinal de não com o indicador. Me fala mais, Federico, ainda sorrindo. Acho que não, Andiara, Falo da Bárbara numa outra vez, eu digo. Não está indo para Porto Alegre por causa dela então, Andiara disse. Não, não tô indo pra Porto Alegre por causa dela, Vou pra Porto Alegre pra ajudar o meu irmão, Ele tá com um problema bem sério pra resolver, um problema que em parte é meu também, Ele é o tipo de cara que não pede ajuda, mas pediu, E eu preciso ajudar, eu disse. Desculpa, ela disse. Por quê, eu perguntei. Porque forcei, Forcei com vontade, com vontade e uma pitada de crueldade, E você foi um cavalheiro, Prometo não avançar a linha Bárbara Na Sua Vida de novo, pegou o meu copo d'água, deu três goles, Teu irmão é importante para você, Foi bonito escutar você nas vezes em que me falou dele, A impressão que tenho é que ele tem muita sorte por ter um irmão mais velho que larga tudo quando ele chama, É bonito ver dois irmãos que se entendem, É tão deprimente ver irmãos se estranhando, Irmãos que se estranham, que se odeiam, é tão novela das nove, ela disse. Tivemos os nossos estranhamentos, falei e consultei as horas. Já tinha passado de uma da manhã, mas eu não podia dizer vamos embora, não antes dela dar algum sinal de que estava pronta pra ir embora, peguei o espumante, servi a taça dela e servi a minha. Sabe, também sou irmã mais velha, Cuido dos meus três irmãos como você deve cuidar do seu, mas não acho que consiga compreendê-los tão bem como você compreende o seu, ela falou. Você se engana, Eu tento entender o mundo que cerca o meu irmão, Fato, Mas o mundo que cerca Lourenço nunca vai ser igual ao meu, eu disse. Sim, ela disse. Vou te contar uma história, uma coisa que nunca contei pra ninguém, Você quer ouvir, Andiara, perguntei. Por favor, e pela primeira vez consultou as horas no seu relógio de pulso, Ouço, E depois vamos, Você viaja amanhã, Não quero ser a culpada se você perder o voo, Nem a passagem você comprou ainda, seu louco, ela disse. Em dois mil e doze, fiquei duas semanas em Porto Alegre, E teve uma noite em que Lourenço me convidou pra ir num show da Graforreia Xilarmônica, uma banda lá do sul, uma da qual sou bem fã, O show foi num lugar chamado Opinião, Lá encontramos dois amigos dele, dois irmãos gêmeos, caras de Novo Hamburgo, uma cidade que é colada em Porto Alegre, falei. Conheço Novo Hamburgo, ela disse. Pois então, Dois caras que jogaram com ele quando ele estava na categoria mini, Ele pegou o celular e pediu pra eu fazer uma foto. Quando vi que estava com flash ligado, desliguei, tirei a foto. Lourenço pediu pra eu fazer outra usando flash. Mudei de ângulo e, sem acionar o flash, tirei mais duas fotos, disse que fotos com flash eram pra amadores, devolvi o celular. Os irmãos, que estavam chegando naquele momento, foram até o caixa comprar umas fichas de cerveja. Lourenço conferiu as fotos e me falou Tu sempre insiste em não usar flash, Derico, Mas tem que usar flash comigo, senão quando tá assim meio escuro eu não apareço direito, Disse aquilo com uma tranquilidade cortante, Balancei a cabeça, mostrei que tinha entendido, No início do show, avisei que ia pegar duas cervejas pra nós, saí da pista, mas não fui até o balcão, fui até o banheiro, entrei num dos boxes das privadas, fechei a porta e chorei, chorei como não chorava há um tempão, Você entende, perguntei, Sou tão orgulhoso e envaidecido de ser o irmão mais velho, De ser o protetor, Mas, droga, levei anos, décadas pra perceber aquele detalhe tão óbvio e tão importante, Imagina o resto, falei. Andiara levantou da cadeira, contornou a mesa, fez eu me levantar e me abraçou, disse que estava na hora da gente ir embora.

Estamos em onze no cercadinho em forma de trapézio na praça João Paulo Primeiro, bem do lado da rua Santa Terezinha, no bairro Santana, uns empoleirados nos encostos dos bancos da praça, uns sentados, uns atirados na grama. Mais uma turma das tantas turmas que se formam, por afinidade, entre alunos dos primeiros anos dos cursos da Universidade Federal do Rio Grande do Sul. Aproveitando que é um final de tarde duma sexta-feira, falando sobre música e cinema, eventualmente teatro e livros, festas e sexo. Quiti, dezoito anos, aluna da Biblioteconomia, filha de professora da rede de ensino do estado e de gerente da Caixa Econômica Federal, está lendo em voz alta trechos dum artigo sobre *Purple Rain*, o sexto disco do Prince, artigo escrito pelo jornalista Pepe Escobar, na *Folha de São Paulo* de dois dias atrás, exemplar que o Antônio, dezoito anos, aluno do curso de direito, filho de advogada e de juiz estadual, pegou mais cedo no centro acadêmico da faculdade de direito. Na matéria diz que o Prince é um jovem Dionísio negro, que, como artista do mundo pop, seu plano é subverter as relações sociais pela explosão da libido desenfreada, diz que na música "Let's Go Crazy" está a síntese da sua pregação pagã, a salvação pela festa, uma cerimônia erótica que pulveriza a razão, que a música "Purple Rain" é um encontro de Lennon com Hendrix em uma mesa de bar pra falar de vulnerabilidades emocionais e lamentar um amor perdido, que o álbum cola num movimento chamado eletrobeat, que é o som das grandes cidades, feito a partir do crack mutante de baterias eletrônicas, como a LinnDrum e a Oberheim DMX, conduzido por negros e porto-riquenhos no Bronx, argelinos e africanos em Paris, filhos de trabalhadores estrangeiros em Berlim, negros vivendo de seguro social no norte de Londres, garotada dos subúrbios paulistanos. Quiti lê soltando risinhos que fazem todos nós rirmos também. Moradores da comunidade Vila Planetário passam por nós, reparando na nossa desconcentração, na nossa liberdade. Duvido que algum destes meus novos amigos repare numa destas pessoas passando, gente de renda muito baixa voltando cansada do trabalho. Falar sobre o disco novo do Prince e sobre as coisas que estão acontecendo no mundo, coisas que só nós, que somos jovens e seguros da nossa inteligência e temos acesso a jornais e revistas que noticiam o que é diferente e inovador, podemos saber, é o mais importante de tudo. Não é culpa deles, dos meus novos amigos, não é problemas deles que eu não consiga tirar por completo da cabeça o lugar de onde vim, não descarte o olhar do lugar de onde vim, que não consiga encará-los, mesmo tendo recebido quase todas as boas oportunidades que eles receberam e tendo a pele clara como eles, sem enxergar algo além do que um bando de branquinhos bem-nascidos moradores de bairros que não têm nada a ver com o Partenon, mesmo sendo o meu Partenon dos últimos anos um lugar bem distante do Partenon de quem não teve o suporte familiar que eu tive. Cavalheiro, dezenove anos, aluno das Ciências Sociais, filho de professores de história, a mãe da Unisinos e o pai da UFRGS, começa a ler a lista dos filmes que foram lançados nos cinemas de São Paulo nesta semana: *Mistério no Parque Gorki, Beat Street: No ritmo do break, Impacto fulminante, Vidas sem rumo, Indiana Jones e o Templo da Perdição, Memórias do cárcere, Quilombo, Jango, Splash – uma sereia em minha vida, Os Trapalhões e o Mágico de Oróz.* Plato, dezessete anos, aluno da História, filho de mãe viúva, psicóloga, diz que só *No ritmo do break* e *Os Trapalhões* prestam. Carlo, dezenove anos, aluno da História, filho do administrador-geral do Centro Comercial João Pessoa e da gerente da Casa Masson na rua da Praia, diz que Plato não entende nada, que só o filme da sereia é cinema de verdade naquela lista. Quiti diz que o seu dinheiro vai pro *Vidas sem rumo*, que não vai perder um filme do Coppola que tem no elenco Patrick Swayze, a linda da Diane Lane, o gato Rob Lowe, Emilio Estevez, C. Thomas Howell e Tom Cruise. Todos riem. Claudia, dezessete anos, aluna do Jornalismo, filha de médicos-cirurgiões, a mais bem-nascida entre todos aqui, pega a edição de sexta-feira da *Folha de São Paulo* que comprou há pouco na banca circular da praça da Alfândega no Centro antes de vir nos encontrar, separa um artigo do Décio Pignatari pra ler. Começa, mas não tem o carisma da Quiti. Alguns vão se dispersando durante sua leitura. Então, no final do texto, ela, que está sentada na grama e não vai deixar de chamar atenção, que é sua por direito, fica de pé, retoma. Se não for otimismo excessivo, concluo que para alguma coisa está contribuindo o cínico domínio dos militares sobre o povo brasileiro nestas duas décadas, Estamos deixando de ser otimistas, Povo otimista é povo subdesenvolvido, É preciso ser pessimista, O pessimismo não se deixa engrupir e aprende a distinguir o valor e a qualidade das coisas e das gentes, Mal você esboça um sorriso e o poder enfia a mão no seu bolso, No Brasil de hoje só os militares são livres, Talvez seja por isso que só falam em verde-amarelo, aliás desde os tempos da engraçada proclamação da República, justamente engraçada porque ela nunca passa da proclamação, Sonegaram o azul do céu e o azul da bandeira, Ficaram só com as estrelas, Quem sabe porque o azul simbolize a liberdade, Pelo menos na bandeira francesa, lê com carga dramática. Quatro policiais da Brigada Militar passam por nós montados em seus cavalos, provavelmente vindo da Vila Planetário na direção do Parque da Redenção. Não nos abordam. É o horário do atraque, de conferir de perto quem está reunido, o que estão falando, o que estão fazendo. Carlo diz que Claudia não podia ter um timing melhor do que aquele, que falou no diabo, e o diabo apareceu. Plato diz que não aguenta mais tomar atraque desses imbecis na Independência, na Osvaldo Aranha, na Venâncio Aires, na José do Patrocínio. Cikuta, dezessete anos, aluna da História, filha dos donos do restaurante português mais famoso da cidade, diz que assistiu a um debate com o Décio Pignatari e o Paulo Leminski no Salão de Atos da UFRGS ano passado, que não conseguia saber qual dos dois era o mais louco da cabeça, qual dos dois era o mais gênio. Raquel, dezessete anos, aluna das Ciências Sociais, filha de pai dentista e de mãe publicitária, diz que estava lá, que tinha sido numa das edições do UniTeatro. Cikuta confirma. Confirmar algo que o outro diz, emanando uma cumplicidade intelectual libidinosa, faz parte do nosso grande acordo tácito de satisfação garantida. Quiti, que pegou o jornal das mãos da Claudia, começa a ler trechos da entrevista na capa da Ilustrada que o Jorge Mautner deu pro jornalista Ruy Castro. Não precisa fazer o menor esforço, quando lê, todos escutam. Você é o último existencialista vivo, pergunta o Ruy Castro, Devo ser, Eu sigo os ensinamentos de meu mestre Jesus Cristo, que dizia que os últimos serão os primeiros, Mautner responde, O que você responderia àqueles que identificam essa história de caos com um picaosretagem, Ruy Castro pergunta, Faz parte, né, Mautner responde, Como será esse partido do caos, Ruy Castro pergunta, Mautner responde que será um misto de partido político, suprapartidário, com uma religião ecumênica, que o templo-sede será em São Paulo, terá os seus hinos, células, tarefas específicas, enfim, tudo que se espera de um grande clube, Quiti lê. Todos riem. Depois tem esse trecho que também é legal, Quiti continua, Ruy pergunta, Por que você, como homossexual assumido, não passa essa mensagem do homossexualismo em suas letras, E o Mautner responde, Passo em algumas, como na letra de "Eu sou um vampiro", mas acontece que o homossexualismo não é a minha maior preocupação, Freud dizia que todo ser humano é bissexual, Pois eu digo que o ser humano é pansexual e pode fazer sexo com tudo, até com uma mesa ou cadeira, Daí o Ruy diz Uau, e pergunta se não é estranho que, sendo o sexo uma coisa tão importante, os partidos políticos nunca se refiram a ele em seus programas, E Mautner responde, Bem, se o futuro presidente Tancredo Neves me convidar para um ministério, eu vou falar, Acho que se deve falar de tudo, Você já parou para pensar na profundidade espiritual que o nosso futebol alcançou, Daí Ruy pergunta, Pensando bem, não é um pouco fluido e etéreo tudo isso, E Mautner responde, Mas essa é a filosofia do caos, Quiti lê. Concordo que a humanidade seja bissexual, diz Raquel. Eu sou muito bissexual, diz Quiti. Eu também, diz Carlo. Só não sou praticante, diz Quiti. Todos riem. Mautner é meu guru, diz Plato. A luz do dia começa a sumir. Alguém quer pegar um cinema mais tarde, pergunta Carlo. Sempre topo um cinema, diz Antônio. Federico, topa, Carlo pergunta. Tenho outros planos, respondo. Federico sempre tem outros planos, diz Claudia. Federico é mistério total, diz Antônio. Vou numa festa no Leopoldina Juvenil com o meu irmão e uns amigos, Nada demais, eu digo. Eu topo ir ao cinema, diz Claudia, mas só se for pra ver *Memórias do cárcere*, Tá passando no Coral, E o

Coral é do lado do meu prédio, e ri. *Memórias do cárcere* me lembra o vestibular, diz Cikuta, Quero distância de vestibular, e faz uma de suas caretas. Eu topo, diz Carlo, Sessão das dez, né, pergunta. É, diz Claudia. Não sei, diz Antônio, Dos nacionais, eu quero ver *Quilombo*, Tá passando na sessão da meia-noite do ABC, que é na frente do meu prédio, e dá um empurrãozinho no ombro da Claudia. Hoje tem *A flauta mágica*, do Bergman, no Instituto Goethe, às nove, Quiti avisa, Mas tô só falando, Porque não vou, Como o gato enigmático aqui, e me abraça, tenho outros planos, Meu cacho secreto vai lá pra casa pra gente escutar o último da Yellow Magic Orchestra, que ele contrabandeou de Buenos Aires, diz. Cikuta fala em ir até o Anjo Azul assistir ao primo dela, que é músico na orquestra da Ospa, tocar piano, diz que ele começa a tocar às oito e meia. Claudia pergunta se é o bar da Fernandes Vieira que é completamente bissexual. Cikuta balança a cabeça. Uns caras com jeito de peões de obra, possivelmente da Vila Planetário, passam falando alto sobre as Olimpíadas. E me dou conta de que nenhum dos meus novos amigos nem sequer tocou no assunto Olimpíadas. Cavalheiro emenda outro assunto, e depois dele alguém emenda outro. Ficamos todos na praça até escurecer.

Quando a voz do advogado contratado pra defender Roberta, projetada pelos alto-falantes do sistema de som com conexão bluetooth do Renault Duster do meu irmão, sugeriu, enquanto nos deslocávamos do aeroporto pro centro da cidade, que o encontrássemos no Burger King da avenida Ipiranga porque era o lugar mais fácil de achar, de estacionar, tinha bom ar condicionado e um ambiente ideal, porque era infestado de adolescentes gritões, o que era garantia de que ninguém escutaria nossa conversa, além de ser pertíssimo da Área Judiciária do Palácio da Polícia, deixou bem claro que teríamos uma longa tarde pela frente. O delegado plantonista não encontrou indícios que autorizassem o relaxamento da prisão nem quis arbitrar fiança, entre as justificativas apontadas constava a de que o revólver trinta e dois apreendido estava registrado como arma da Brigada Militar, por isso entendeu que o melhor seria deixar pro juiz competente decidir o que fazer quando recebesse o ofício encaminhando o auto da prisão em flagrante, ofício que tinha sido enviado pro Fórum Central na primeira hora daquela manhã. Augusto disse que não era o pior dos casos, mas que não era um caso simples, que tinha agravantes, alguns mais leves, outros mais sérios, a se levar em conta, agravantes que ele ia listar e detalhar quando nos encontrássemos dali a pouco na lanchonete.

Antes de desembrulhar o seu Whopper, o mesmo hambúrguer que eu e Lourenço tínhamos pedido, Augusto fez questão de me dizer que Roberta era uma menina muito valente, que soube se manter calma, não dar um pio na frente dos policiais até ele, o seu advogado constituído, chegar no Plantão Judiciário do Palácio da Polícia, que, no interrogatório preliminar de apresentação do conduzido, ela foi brilhante ao declarar que achou o revólver num canteiro da praça da Alfândega enquanto corria pra escapar das bombas de efeito moral, do gás lacrimogêneo, das balas de borracha que a Brigada Militar estava disparando contra os grupos de manifestantes, que teve a tranquilidade necessária e foi convincente quando disse que, no impulso, pegou a arma e, no impulso, colocou na mochila.

Enquanto ele comia suas batatas fritas e seu hambúrguer e nos falava sobre as chances do juiz conceder habeas corpus, relaxar a prisão ou estabelecer fiança, eu, que ainda não tinha desembrulhado meu hambúrguer e estava sentado do lado das enormes vidraças da fachada do Burger King, alternava o olhar entre aquela performance de operador do Direito diante de clientes ansiosos por seus prognósticos, à minha direita, e a porta de ferro e vidro da entrada do Plantão Judiciário da Segunda Delegacia de Polícia de Pronto Atendimento, à minha extrema esquerda, a uns cento e poucos metros em linha reta de onde estávamos, do outro lado do arroio Dilúvio, a parte mais emblemática da fachada norte do prédio do Palácio da Polícia, pra onde os brigadianos tinham levado Roberta na noite anterior e onde ela permanecia detida, o que era uma sorte, já que, depois do exame de corpo de delito no Instituto Médico Legal e da autuação, podia ter sido enviada pro presídio feminino, mas, por conta da intervenção de Augusto, o advogado, era o que tudo indicava, não foi. Entre aquelas duas referências estava a ponte da João Pessoa, a única no mundo com palmeiras-imperiais plantadas na estrutura, oito exemplares imensos, descendentes diretos das palmeiras do Jardim Botânico do Rio de Janeiro, exemplares plantados por engano pelos funcionários municipais no início dos anos mil novecentos e quarenta, era o que constava nos anais da prefeitura de Porto Alegre, e ainda assim, graças à peculiaridade de suas raízes projetadas pra buscarem água nos solos desérticos da Califórnia, nos Estados Unidos, de onde se originavam, incapazes de causar danos às estruturas de concreto da ponte, resistindo bravamente ao tempo, por mais de sete décadas, sobretudo aos ventos fortes canalizados ao longo do arroio Dilúvio, raízes que, por certo, resistiriam pra muito além daquela loja do Burger King onde estávamos, muito além de mim, do meu irmão e do advogado, que naquele instante, depois de encerrar os prognósticos sobre habeas corpus, relaxamento de prisão, fiança, comentou que também pesava muito a nosso favor o fato do Supremo Tribunal Federal ter decretado anos antes a inconstitucionalidade dos artigos do Estatuto do Desarmamento que proibiam fiança pros casos de porte ilegal de arma de fogo de uso permitido.

    As explicações e conjecturas vinham em blocos, sem alteração de ritmo, duma forma quase hipnótica, o advogado emendava temas e fundamentações que cada um deles suscitasse. E foi ao final das explicações e conjecturas, quando já tinha liquidado o Whopper e as fritas, que disse ter uma informação extra, algo que podia não dar em nada, mas que não era de se desprezar. Revelou ter escutado, no final da manhã, no próprio Palácio da Polícia, que alguém do alto escalão estava levantando a possibilidade de enquadramento da prisão de Roberta na lei antiterrorismo, lei que tinha entrado em vigor naquele mesmo ano de dois mil e dezesseis. Parei por completo de prestar atenção no que se passava do lado de fora da vidraça da lanchonete e me concentrei no que ele estava dizendo. Lourenço perguntou quem era a pessoa do alto escalão. Ele disse que ainda não sabia, mas que ia atrás da informação naquela tarde mesmo. Sem disfarçar minha indignação por ele, um dos melhores advogados de Porto Alegre, ter esperado até aquele momento pra dar uma informação daquela gravidade, contei até dez, perguntei qual seria a base fática pruma acusação daquele tipo. Ele explicou que outros dois carros foram pegos nas blitz montadas no entorno do Centro Histórico da cidade, disse que num deles, um Volkswagen Saveiro, de propriedade dum estudante de Agronomia, tinha produtos com alto percentual de nitrato de amônia no porta-malas, material que poderia ser utilizado na fabricação de explosivos, e no outro, um Fiat Uno, dum estudante de Direito, tinha panfletos com textos de ódio contra o governador do estado e incitação à violência, que era muito difícil, mas não impossível, alegar que os três estavam juntos e formavam algum tipo de célula terrorista. Lourenço perguntou se o problema não era mais então o porte de arma, mas o porte de arma pra finalidades terroristas. Augusto disse que terroristas jamais andariam com uma arma que não pudesse ser usada como aquele revólver que estava municiado com balas velhas sem condições de uso e, ao que já tinha observado antes sobre o porte do trinta e dois pela sua cliente durante um dos blocos de explicações e conjecturas, enfatizou que contava muito mesmo a nosso favor o fato das quatro balas encontradas no tambor do revólver, mesmo estando com boa aparência, com as cápsulas em bom estado, estarem inabilitadas pro uso, já que seus projéteis e espoletas estavam oxidados, agregando que a melhor das balas encontradas no mercado, a bala do tipo gold, diferente das balas do revólver apreendido, não tinha vida útil superior a dez anos e que a nosso favor contava também a ausência de registro interno pela Brigada Militar, anotação onde estivesse informado pra qual policial da corporação a arma tinha sido destinada, observou que, se existisse o tal registro, daí sim ele ficaria preocupado, disse que saber que a arma tinha sido fabricada em mil novecentos e oitenta e dois e que, no mesmo ano, tinha sido adquirida pelo Governo do Rio Grande do Sul pro uso das suas polícias era pouco, muito pouco, não identificava quem a perdeu, como a perdeu, e, por aquela razão, inviabilizava o estabelecimento de qualquer vínculo consistente imediato com Roberta. Perguntei então se aquela era uma tese que podia ser descartada. Ele me encarou e disse que mesmo sendo de baixa probabilidade era uma tese que não podia ser desprezada, muito menos descartada. Tentando não me grilar de graça, eu sabia das implicações da lei antiterrorismo brasileira, mudei de assunto, mudei pra algo mais urgente, perguntando se eu podia falar com a Roberta, se tinha um jeito d'eu entrar no xadrez do Palácio da Polícia pra falar com ela. Augusto me olhou desconfiado, perguntou o que a minha sobrinha ia ganhar falando comigo, disse que eu provavelmente só ia deixá-la confusa e até, quem sabe, enfraquecer na cabeça dela a versão de ter achado a arma enquanto fugia da repressão policial, disse que tinha boa chance do juiz que estava analisando os pedidos de soltura ou de concessão de fiança pedir pra ouvi-la em audiência de custódia, e ele, como advogado rodado que era, não queria correr nenhum risco. Eu disse que tinha certeza de poder acalmá-la, disse que não contaria pra ela que eu tinha decidido assumir que a arma era minha no caso das coisas escaparem do controle como já tinha anunciado pro meu irmão assim que entramos na sua caminhonete no estacionamento do aeroporto, disse que ele, que estava me conhecendo pessoalmente só naquele momento, não podia saber e não podia entender, mas eu me sentia responsável por ela ter se exposto tanto. O advogado pediu um minuto, levantou, foi até a máquina de refrigerante e gelo, encheu o copo só com gelo, voltou pra mesa, abriu a pasta e tirou uma lata de Red Bull Sugar Free, abriu, despejou no copo, ficou girando pra temperatura do gelo pegar na bebida, disse que podia dar um jeito, que eu era uma figura conhecida na cidade, que todo mundo sabia do meu trabalho com jovens desfavorecidos, que ia depender do delegado que estivesse naquele momento no plantão. Lourenço perguntou se o fato dela ser neta dum conhecido servidor da polícia civil gaúcha faria alguma diferença. O advogado respondeu que sobrenome sempre pesava, que tinha usado o nome do nosso pai quando falou com o delegado plantonista na noite anterior, que a polícia era uma grande família, que o delegado em serviço naquele momento, principalmente se fosse mais antigo, com certeza ia levar o parentesco em conta, então tomou até o fim o energético que tinha servido no copo.

O delegado nos deu quinze minutos com Roberta. Augusto ficou conosco na mesma sala, escutando, pelos fones do celular, podcasts sobre decisões jurisprudenciais recentes que, contou, costumava baixar pra se atualizar enquanto estava no trânsito cada vez mais engarrafado e caótico de Porto Alegre. Fiquei à mesa de frente pra Roberta. Ela não disse nada, ficou apenas me observando. O olhar dela estava diferente, no seu rosto tinha uma expressão que eu já tinha enxergado no rosto de muitos adolescentes com quem trabalhei. Como tu tá, Beta, perguntei. Tô bem, tô firme, Federico, ela disse. Que bom, eu disse. Tu não precisava ter vindo de Brasília por minha causa, Não precisava ter deixado teu emprego no novo governo, ela disse. Não sou empregado do novo governo, não faço parte do novo governo, falei. Não é o que li na internet, ela registrou. Estou trabalhando pra evitar que a comissão tome um rumo que não deve tomar, Tem muita gente querendo o fim das cotas raciais pra estudantes, expliquei. Que seja, e deu de ombros. Nunca tinha me sentido confrontado por ela, dum segundo pra outro fiquei meio sem saber o que fazer. Estou aqui, Beta, e vou ficar aqui até tu ser libertada, até saber que tu tá bem, e coloquei o braço direito sobre o tampo da mesa, estendi a mão. E ela colocou o braço esquerdo sobre o tampo da mesa e segurou a minha mão. Reparei a tatuagem na parte interna do seu antebraço, um garoto, pelos trajes um estudante, segurando um estilingue com a borracha de soro esticada no limite, mirando pro alto, pronto pro disparo. Pode falar, eu disse, tirando os olhos da tatuagem. Ela sacudiu a cabeça em negativa. Pode falar, insisti. Ela deixou passar uns segundos, falou. Tava bem frio ontem à noite aqui em Porto Alegre, A polícia militar descumpriu o acordo, Não tavam nem aí pras famílias dentro do edifício, lamentou, Pra onde iam aquelas mães, aquelas crianças, perguntou, É um absurdo, E o meu pessoal sabia que ia acontecer algo do tipo, Daí fomos pra lá dar apoio, protestar, falou. Mas você resolveu se armar, falei sussurrando. Ela aproximou o rosto do meu. O que tu faria no meu lugar, perguntou. Não respondi. Quer saber, Tô assim desde que a Mari, uma amiga minha, uma guria que eu amo, tomou uma bala de borracha da polícia direto no olho no mês passado, Foi numa manifestação contra essa merda de projeto de reforma do ensino médio do novo governo, este governo filho da puta pro qual tu tá trabalhando, e largou minha mão, O olho ficou dilacerado, Ela perdeu a visão pra sempre, Dá pra imaginar o que é isso, O pior de tudo é que ela foi na manifestação só porque eu insisti, Ficou comigo quando eu decidi ficar na linha de frente e peitar a polícia, Eu vi tudo, vi o cara que atirou nela, Era um soldado, um cara que recebe treinamento, que recebe ordens pra atirar nas pernas dos manifestantes e nunca quando estiver a menos de vinte metros do alvo, O que já é um puta absurdo, Nada disso aconteceu, nada disso foi respeitado, O infeliz atirou de cima e na altura das cabeças dos manifestantes, E a Mari, que nem é de ir a protestos, perdeu o olho, Uma guria tranquila, linda, de família pobre lá da Vila Tarumã, Foda, Mina batalhadora, esforçada, que enfrenta uma vida de perrengue, desabafou. Faço ideia, eu disse. E ontem, Ontem, Na minha cabeça uma coisa ficou me dizendo que se eles usassem balas de borracha contra aquelas mães e aquelas crianças, eu ia atirar, custasse o que me custasse, eu ia atirar, sussurrou. E logo numa noite de feriado de sete de setembro, e me contive. Isso, Federico, Dia da droga da comemoração da independência do país, Que juiz é esse que autoriza uma desocupação tarde da noite e num feriado só pra não atrapalhar a circulação de carros no centro da cidade, pra manter o bom funcionamento da cidade, e me olhou com lágrimas nos olhos, Tu sabia que o argumento do juiz foi esse, que foi essa a bosta de argumento que o infeliz usou, perguntou. Não, respondi. Ficamos uns segundos em silêncio. Vou continuar em Porto Alegre até tu sair, Beta, Estamos otimistas, esperando o juiz decidir sobre o relaxamento da prisão, preferi não falar sobre a possibilidade de fiança, Tenho certeza de que tudo vai dar certo, eu disse. Eu só queria ter tido a chance e a coragem de atirar em pelo menos uns três daqueles covardes, Iniciando pelo puto do capitão que tava no comando, Mas não tive, Quando eles começaram a bater na gente, saí correndo, acovardada, me cagando de medo como todo mundo, ela disse. E eu pude perceber o quanto estava afetada. Tudo bem, Já passou, eu disse, Por favor, não fica pensando no que já passou, insisti. Não consigo, Tô assim, ela disse. Tenho andado afastado de ti e do teu pai nesses últimos anos, mas agora tô aqui e vou ficar aqui contigo e com o teu pai por uns dias, falei. Ela me encarou e ficou me encarando. E no seu olhar já não estava o caos, estava algo maior, mais perigoso, a arma mais perigosa: o medo.

Eu e Lourenço ficamos até as oito da noite na frente do Plantão Judiciário do Palácio da Polícia. Meu irmão, que estava sereno até às seis e pouco, começou a ficar preocupado e, às sete e meia, depois que o advogado nos telefonou do Fórum Central, dizendo que o juiz só ia decidir o que fazer com Roberta no dia seguinte, arrasado, falou que ia tentar saber quem era o delegado que estava naquele momento no plantão e ia contar que a arma era dele. Segurei o seu braço e, pela enésima vez naquele dia, falei que se alguém fosse fazer algo daquele tipo de assumir a culpa seria eu, que se ele cometesse a bobagem de assumir o domínio da arma na frente dum delegado que eu também ia assumir o domínio da arma na frente do mesmo delegado e íamos, os dois manés, estragar toda a estratégia montada pelo advogado pra absolver Roberta quando começasse o processo criminal contra ela, o processo que, com toda certeza, ia vir. Ele concordou, se acalmou, depois disse que Roberta se inspirava muito em mim, que me mitificava, que achava que tinha de ser engajada como eu era e romanceava além da conta a vida de ativista. Respondi que a inconformidade estava nela, nasceu com ela, que não podia acreditar que, estando tão distante de Porto Alegre, eu pudesse influenciá-la. E ele disse que aquele era o problema, que pra alguém que tinha uma sobrinha que lia todos os livros de história, política, filosofia que eu indicava, via todos os filmes que eu sugeria, uma sobrinha que me adorava, eu tinha me distanciado de Porto Alegre e dela por tempo demais. Eu disse que não tinha muita certeza do que fazer pra ajudá-la, disse que talvez fosse melhor procurar alguém especializado. Ele disse que pensou em procurar um psicólogo quando a amiga dela perdeu o olho, disse que a filha ficou arrasada, mas foi só por uns dias, que depois ela garantiu que tinha superado, que estava bem, que o melhor que podia fazer, pela amiga e por si mesma, era ficar bem, disse que talvez ela tenha mudado de humor porque encontrou a arma e achou na possibilidade duma reação impensada o remédio pra todos os males. Eu disse pra ele tirar aquele tipo de pensamento da cabeça, pra ter cuidado pra não transformar aquela história da arma numa espécie de maldição. Ele, que era muito mais espiritualizado do que eu, respondeu que maldições não colavam em coisas, só em pessoas, e pegou o telefone pra dizer pro advogado que íamos pra casa dali a pouco e que ele ia voltar pro plantão às nove da noite pra entregar pra filha outra muda de roupa e um lanche. O advogado disse que podiam marcar às nove horas, que nove horas estava bom pra ele, pediu pro Lourenço colocar a ligação no viva-voz, pra que eu ouvisse, e afirmou que tudo se resolveria no dia seguinte. Eu disse que estava torcendo pra ele estar certo e perguntei se ele tinha alguma notícia sobre a tentativa de enquadrar Roberta na lei antiterrorismo. Ele respondeu que não tinha escutado mais nada, disse que em algum momento a informação ia aparecer, que tudo fazia parte dum jogo de pressões externas e internas, complexas e, às vezes, pouco transparentes, uma realidade que escapava da alçada dele, disse que um enquadramento daquele tipo, se fosse acontecer, aconteceria na instrução criminal, que, de qualquer forma, pra além do ponto de vista bancado pela polícia, a coisa ficaria na dependência do Ministério Público aceitar as provas e os argumentos apresentados pela investigação e oferecer denúncia ao juiz criminal, que poderia decidir pela procedência ou não. Agradeci. Por fim, cretinamente, ele disse que tudo aquilo era como pescaria, tinha o momento de colocar a isca no anzol e jogar a linha e tinha o momento de aguardar, agindo como seria de esperar que um advogado experiente agisse, e desligou.

Entro na sala de aula onde está sendo ministrada a disciplina Psicologia Experimental Dois do segundo semestre do Ciclo Letivo Mil Novecentos e Oitenta e Quatro, sento na fila onde Bárbara está sentada, exatas seis mesas atrás da mesa onde ela está sentada. Os alunos do fundo, os que notam minha chegada, porque a porta fica no fundo da sala, me olham com indiferença. Está no começo do semestre, pra eles eu posso ser um novo colega que resolveu aparecer no curso só na terceira aula. Como Bárbara, a professora deles também está sentada de costas pra porta, não percebe a minha chegada. Ana, cujo segundo nome e sobrenomes eu não tenho como saber neste momento, acaba a sua apresentação. A professora diz pra ela que as anotações ficaram ótimas, que deixará pra fazer as observações a respeito no final das cinco apresentações que estão programadas. A aluna agradece, volta pro seu lugar. A professora chama a Ana Rita Santos Carraro, diz que ela tem dez minutos pra apresentar o trabalho e deseja boa sorte. A apresentação da segunda Ana é sobre o comportamento do dono do escritório de contabilidade onde ela trabalhou como secretária até o final do ano passado, o relato é basicamente sobre como ele se comportava quando estava trabalhando na sua mesa, como atendia ao telefone, como atendia os clientes, como conversava com os empregados, como usava a calculadora, como datilografava na máquina IBM elétrica quando estava com pressa. A professora repete o elogio feito pra primeira Ana, informa que vai fazer as observações a respeito da apresentação só no final e em seguida chama Bárbara. Me ajeito pra não ficar tão visível pra quem olha do quadro pro fundo da sala. Bárbara levanta, caminha até a mesa maior, a mesa da professora, coloca caderno e papéis sobre o tampo, dá boa-tarde aos colegas, não me vê, não me vê porque sua miopia não permite e porque parece estar focada só nos colegas que estão às mesas da frente, começa. O general-presidente do Brasil, Bárbara lê da folha de caderno nas suas mãos, caiu do cavalo enquanto estava praticando equitação em Brasília, Como homem de sessenta e poucos anos forte que é, o general-presidente do Brasil dispensou atendimento médico, Mas dias depois teve de ser levado ao Hospital Sarah Kubitschek com intensas dores na coluna e na perna esquerda, No hospital, o general-presidente do Brasil foi imobilizado dentro de um colete ortopédico de plástico e ficou sob observação, A equipe médica proibiu as visitas, O que foi um problema, porque se é difícil isolar um presidente em épocas tranquilas, muito mais difícil é isolá-lo em épocas conturbadas, como costumam ser os períodos pré-eleitorais, mesmo quando as eleições aguardadas são as que vão ocorrer no Colégio Eleitoral, A equipe médica abriu exceções, Nas exceções da proibição de visitas estavam as visitas dos ministros militares, Na imprensa foi noticiado que os problemas vertebrais do general-presidente e o fato dele precisar ficar afastado só coroavam a crise de poder em relação à governabilidade do país, Com o seu afastamento, a atenção do país foi toda para o vice-presidente do Brasil, um dissidente dentro do seu próprio partido, A equipe médica descartou a intervenção cirúrgica, Na imprensa foi noticiado que a escolha pelo repouso em substituição à cirurgia não partiu da equipe médica, que foi exclusiva do general-presidente do Brasil, Não ser operado era a única forma de evitar que o vice-presidente do Brasil assumisse, O general-presidente do Brasil gostou quando lhe disseram que o candidato do partido da oposição declarou aos jornalistas que o problema momentâneo de saúde do senhor general-presidente não atrapalharia o processo sucessório no Colégio Eleitoral e que a sucessão presidencial tem caminho próprio, Na terça-feira, o general-presidente do Brasil foi liberado pela equipe médica, Saiu do hospital, Agora está em repouso absoluto na Granja do Torto, acompanhando todos os boletins das Olimpíadas de Los Angeles, A dormência na perna irrita o general-presidente do Brasil, mas não é o que mais o irrita, o que mais o irrita é não poder presenciar a convenção do seu partido para a escolha do candidato, Bárbara faz uma pequena pausa, olha pra professora, volta à leitura, O presidente do Brasil, que está neste momento deitado em uma cama especial para quem tem problemas de coluna, tem vontade louca de. Bárbara, desculpe, a professora interrompe, Vou pedir que você pare sua apresentação, Você sabe, E suponho que os colegas perceberam, O seu trabalho está completamente fora do escopo, fora do que pedi a vocês, Você tinha de falar sobre uma pessoa sua conhecida, uma pessoa do seu relacionamento, uma pessoa com quem você convive ou conviveu, enfatiza, Você conviveu com o nosso presidente, Teve qualquer tipo de contato pessoal com o presidente da República, pergunta. Não, Bárbara responde. Então você não poderia ter escrito sobre o comportamento do presidente, a professora critica. Mas meu trabalho não é sobre o presidente, é sobre mim, Bárbara responde, A senhora pediu que a gente fizesse um relato sobre o comportamento de alguém que a gente conhecesse e quisesse conhecer mais, Eu fiz sobre mim, Sobre eu relatando por escrito o comportamento do presidente em um momento crítico da história recente do nosso país, olha pros colegas e me reconhece. Infelizmente, o seu trabalho não é o que eu solicitei, Você deveria anotar o comportamento de outra pessoa que não seja você, a professora diz. Essa restrição não foi dada pela senhora, Bárbara provoca. Além do mais, Você tem consciência de que o seu relato não foi feito com a isenção que eu sugeri, perguntou. Disso eu discordo, responde olhando direto pra mim, Não posso ser isenta quando estou relatando o meu próprio comportamento. Se você não tiver um relato que possa substituir esse, vou pedir pra você se sentar, pede a professora. Isso significa que vou ficar sem o ponto do trabalho, professora Elisabete, Bárbara pergunta ainda me encarando sem qualquer constrangimento. Significa que, neste trabalho assistido, a sua nota será zero, decreta a professora e se vira olhando na minha direção. Então eu vou apresentar outro relato, Bárbara deixa de olhar pra mim e olha pra professora. A professora se desvira, encara Bárbara. Achei que fosse perguntar quem eu era, mas não perguntou. Você tem o texto aí, a professora indaga. Tenho no meu caderno, Bárbara responde. Fique à vontade, Mas para não atrapalhar a dinâmica da aula, e consulta o relógio, Você terá só cinco minutos, observa. Sem problema, Tenho três relatos sobre esta pessoa, Posso pegar o mais curto, diz Bárbara. Estamos por você, diz a professora. Está chovendo muito, Bárbara começa a leitura, É a semana antes da semana em que junto com seus pais os dois meninos se mudarão da casa velha no alto do morro da Maria Degolada no Partenon para a casa nova na rua que fica no mesmo bairro, mas que não tem favela por perto, A adolescente de dezessete anos que toma conta dos irmãos aproveita a chuvarada e também o fato deles não terem aula naquela tarde de sexta-feira, porque a escola está sendo dedetizada e só reabrirá na segunda-feira, calça as botas de borracha primeiro no mais novo e depois no mais velho, Pega o guarda-chuva grande, o guarda-chuva do pai deles, e sai de casa com os dois, Eles atravessam a rua e, na calçada oposta, descem até chegar à entrada do beco, o beco de pequenas malocas que fica espremido entre a rua deles, a rua Paulino Azurenha, e a rua paralela, a Guilherme Alves, Entram, Ela lhes mostra a criançada da comunidade que, nos dias de muita chuva, depois de pegar caixas de papelão no armazém perto da Missão Pequena Casa da Criança, mais conhecida como Pequena Casa da Maria Degolada, se diverte descendo o córrego, a valeta, como eles chamam o esgoto a céu aberto, que na lomba do beco vira corredeiras, uma espécie de tobogã aquático lavado pela enxurrada, O menor pergunta se pode andar em um daqueles papelões, A adolescente diz que não, explica que os três estão ali apenas para olhar, para observar, Depois de uns minutos, o mais velho pede para voltarem para casa, Então ela, que nunca mais cuidará deles depois da família se mudar para a casa nova, fala para os dois nunca deixarem que as ruas e casas para onde se mudarem no futuro tirem deles as lembranças de onde vieram, O mais velho diz que sempre se lembrará, O mais novo, segurando firme a mão dela, dá pulinhos e sorri achando muita graça daquela parte da brincadeira, Bárbara termina a leitura e, ignorando por completo a professora, dá uns passos na minha direção lançando sobre mim o seu olhar de fúria atômica sem limites. Quase todos da turma me olham também. Eu levanto, tiro do bolso da camisa o envelope dos correios, deixo sobre o tampo da mesa e me certifico de que, apesar da sua miopia, Bárbara percebeu cem por cento que estou deixando o envelope na mesa, digo até mais, um até mais que eu acho que só os do fundo escutam, e me retiro.

Eu disse pro Lourenço que tinha feito a reserva do hotel lá mesmo em Brasília enquanto esperava na sala de embarque do aeroporto. Por isso pedi pra passarmos rápido no ibis da Garibaldi perto da Farrapos, pra não ter risco d'eu perder a reserva, pra deixar minha mala e minha mochila e depois irmos até a casa dele pegar as coisas da Roberta, encontrar o advogado no Plantão Judiciário e, quem sabe, jantar algo mais saudável do que hambúrguer com fritas antes de encerrar aquele dia que estava sendo tão pesado pra todos nós. Ele disse que não era pra eu levar a mal, mas o melhor era eu ficar no hotel, disse que, depois de ir até a polícia pela quarta vez naquele dia, a sua vontade era voltar sozinho pra casa, tomar um chá de erva-doce e dormir de verdade, porque, do contrário, sabia que não ia estar inteiro, física e emocionalmente, pro dia seguinte. Pedi que pelo menos me deixasse ir com ele pegar as coisas da Roberta e, depois, acompanhá-lo até o Plantão Judiciário. Ele agradeceu, disse pra eu ficar no hotel e descansar porque ia precisar de mim com toda a minha disposição de irmão-perdigueiro no dia seguinte. Fomos até o hotel, desci meio contrariado do carro. Falamos te amo um pro outro. Ele disse que tudo ia se resolver. Fiz sinal de joinha. Ele sorriu e arrancou. Entrei no ibis, fiz o check-in. No quarto liguei a televisão, abri a mala, peguei um par de meias, um par de tênis, troquei pelos que estava usando, tomei um terço dum comprimido pra pressão arterial, escovei os dentes, peguei um casaco, saí. Entrei no táxi que estava parado em frente ao hotel. Disse pro motorista que fosse até a Osvaldo Aranha e, na Osvaldo, pegasse à esquerda na direção do bairro Rio Branco, que depois do viaduto Tiradentes eu ia mostrar o caminho. Ele perguntou se eu conhecia bem a cidade. Respondi que tinha nascido e me criado na cidade. Ele disse que eu não tinha sotaque de gaúcho. Eu disse que alguns anos morando fora tinham atenuado um pouco o meu sotaque, mas que ele estava lá, firme e forte. Ele riu e disse que então estava muito bem, porque era uma coisa muito feia gaúcho que perdia o sotaque.

Encostou na frente do prédio da esquina da Dona Leonor com a Professor Álvaro Alvim. Paguei a corrida, agradeci, saí do carro, subi as escadas até a porta de vidro, que era a entrada social do prédio, acenei pro porteiro. Ele fez o sinal universal de usa o interfone que tá na tua frente aí, ô bocó. Pressionei o botão da portaria. Boa noite, eu disse. Boa noite, ele devolveu. Queria falar com a Bárbara do trezentos e cinco, Ela tá, perguntei, Meu nome é Federico, Sou amigo dela, eu disse. Federico do quê, o porteiro perguntou. Federico Sandman, respondi e, pela vidraça, fiquei observando ele pegar o telefone do aparelho tipo central telefônica dos anos mil novecentos e noventa e falar com Bárbara. Destravou a porta. Entrei. Dona Bárbara pediu pro senhor esperar ela no salão de festas, O senhor pode me acompanhar, e levantou caminhando na direção oposta do lobby, onde ficava a porta do salão de festas. Pôs a chave na fechadura e me olhou por cima do ombro. Nada como um porteiro desconfiado pra me deixar ainda mais no clima pruma conversa que, na minha cabeça, não ia ser nada fácil. Abriu a porta, acendeu as luzes, disse pra eu ficar à vontade.

Bárbara levou uns bons dez minutos pra descer. Desculpe a demora, Tô dando um jantar pra um palestrante que veio do Chile a convite do meu departamento na universidade, disse sem dar boa-noite, sem demonstrar contrariedade por eu ter aparecido na portaria do seu prédio sem avisar, E desculpe eu não te convidar pra subir, É que estamos em quinze adultos e quatro crianças lá em cima, Não ia ter lugar onde a gente pudesse conversar reservadamente, ela disse. Quem tem de pedir desculpas sou eu, Vindo aqui de surpresa, falei. Já passamos da fase Bárbara barra Federico se impressionando com surpresas vindas de Bárbara barra Federico, e sorriu. Eu sei, respondi. Bem, vamos ao assunto, O que tu quer, ô, Federico Sandman, ela disse e riu. Desculpe, eu disse, O porteiro, Ele perguntou meu sobrenome e. Sei, ela me interrompeu, Ele tem mania de perguntar o nome completo dos visitantes, mas tá melhorando, É boa gente, Só tá cumprindo a função dele, ela disse. Sem mais rodeios, falei do que aconteceu com a minha sobrinha, também do impacto que pareceu ter sido pra ela ter testemunhado a amiga, talvez namoradinha, perder um olho por causa dum tiro de bala de borracha disparada por um brigadiano, comentei do estado emocional dela, de como eu não tinha conseguido estabelecer uma conexão decente com ela, falei do Lourenço, da gravidade da situação toda, enfatizei que ela podia ser condenada, que uma condenação criminal ia estragar a vida dela pra sempre, e perguntei o que ela, Bárbara, a psicoterapeuta fodona, professora da federal, com mestrado e doutorado em clínica pra ativistas e militantes sociais, achava que eu, o conselheiro da juventude, mas um completo perdido no assunto sobrinha presa em flagrante por porte ilegal de arma de fogo, devia fazer quando no dia seguinte tivesse uma segunda chance de conversar com ela, estivesse ela, Roberta, solta ou não, como eu devia me comportar. Lourenço deve estar sentindo uma culpa terrível, Bárbara deixou escapar. Tu sabe como ele é, Sempre mais fechado comigo do que eu penso que ele devia ser, E sempre muito firme nos seus códigos de honra de periferia urbana, Isso dele ter prometido pro Anísio que ia guardar a arma, e de cumprir a promessa mesmo correndo o risco de ser descoberto, beira o absurdo, falei. Não pra ele, Pra ele faz sentido ser assim, Bárbara disse, Reconheço que não é a coisa mais inteligente do mundo, mas faz sentido, concluiu. Guardar uma arma em casa é sempre arriscado, eu disse. Será que ele nunca imaginou que a filha poderia acabar xeretando nas suas coisas e descobrindo o revólver, Bárbara perguntou. Ele me disse que estava num lugar impossível de achar, falei. Mas Roberta é esperta, Bárbara disse. Sim, muito esperta, Só que neste momento não tá nada esperta, tá apavorada, Sabe, Por mais que eu tente montar na minha cabeça um roteiro dela encontrando a arma, Não consigo, Ela devia tá muito fora do seu estado normal pra revirar a casa a ponto de achar um revólver que, em tese, estava bem escondido, O que será que ela devia estar procurando, perguntei. Não imagino, Só imagino o quanto ela devia estar abalada, transtornada, afundada na aflição, Uma garota de dezoito anos, Mil abismos, Tu sabe, Bárbara disse. Dói imaginar que ela vai pagar por algo que eu podia ter evitado e não evitei, eu disse. Calma lá, Federico, Algo que o teu irmão podia ter evitado e não evitou, observou, É engraçado, Tu segue tentando tirar as responsabilidades das costas do Lourenço, segue achando que os erros nunca são dele, Que ele é o inatacável, o senhor sem defeito, ela criticou. Não é verdade, respondi. Tudo bem, Não é o momento de culpar ninguém, Bárbara disse. O que devo fazer com Roberta, renovei a pergunta. Não sei direito, Federico, Vi Roberta só umas três vezes depois que ela deixou de ser uma criança, Você disse que enxergou medo no olhar dela, Ter medo na situação em que ela tá é normal, Não é com isso que tu tem de te preocupar, É com a raiva que provavelmente tá crescendo dentro desse medo dela, Raiva, a velha e boa amiga tua e do teu pai, ela disse. Fiquei em silêncio. Te digo que tu fez bem em atender o apelo do teu irmão, Importante tu estar perto da Roberta, Importante estar perto dele, Lourenço é ocupado com as atividades no clube, E com isso de estar no cargo de técnico da seleção gaúcha de basquete até o final do ano, como tu me disse, É muita coisa pra ele, Não vai ter condições de dar o acompanhamento que ela vai precisar, É hora de dar afeto, E tu tá, sem sombra de dúvida, mais do que habilitado a dar afeto pros dois, Bárbara disse. Tô me sentindo impotente, Inseguro, na verdade, Me sinto um nada quando fico assim, inseguro, Tu sabe, eu disse. Olha, e suspirou, deixando escapar pela expressão que tomou conta do seu rosto o quanto estava, no final das contas, se esforçando pra lidar da melhor maneira com aquela situação inesperada, É um processo crítico e doloroso, Federico, E vai te afetar, Porque não tem como ser diferente, Mas, acredita em mim, vai ser importante pra ti passar por ele, Ser absorvido por ele, A situação da tua sobrinha pode acabar servindo de espelho, um espelho pra tu poder te enxergar com maior clareza, duma forma estressante, mas um estressante que pode ser favorável, É um processo que pode te ajudar a entender o porquê de tu nunca mais ter conseguido te centrar emocionalmente, e, quem sabe, pode encerrar um ciclo, Um ciclo aí dentro deste coração, Vamos ser otimistas, e tocou no meu peito. Botei minha mão sobre a mão dela. E, no mesmo segundo, ela recolheu. Torço pra que este momento, que é crítico, te traga o silêncio necessário, o silêncio que eu sempre falei que tu precisa encontrar, que pode dar uma boa diminuída nesse ruído que te envolveu, Te envolveu e tu te apegou, ela disse. Tua velha tese, repliquei. Não, É mais do que isso, Fedê, É fato, Esse ruído pra onde tu arrasta todos os outros ruídos que surgem na tua frente, jurando que acumular ruídos vai ser combustível, vai ser saída, não funciona, Eu já te disse, No excesso tu só vai encontrar miragem, promessa que nunca vai se cumprir, observou. Aquela sentença sobre eu não conseguir me centrar emocionalmente, e sobre não encontrar o silêncio necessário, bateu no meu peito como uma bigorna. Talvez em algum momento, amanhã ou nos próximos dias, tu consiga mostrar pra Roberta que ninguém tem o controle do fluxo da vida, ninguém tem o poder de escolher o que vai ou não nos abalar, que tem uns momentos inexplicáveis que sempre vão ser maiores do que nós, que vão desarrumar tudo, Vão concretar tudo, até o nosso modo de existir, E que isso, se acontecer, vai precisar ser processado, absorvido, e calou. Mas, objetivamente falando, o que eu devo fazer amanhã, perguntei. Acho que o melhor que você vai poder fazer amanhã, objetivamente falando, começa hoje, E é tentar relaxar, tentar dar descanso pra essa tua cabeça, Da minha parte, proponho ajudar vocês de longe, pelo celular, Podemos tentar monitorar o estado dela, Eu posso dar umas dicas, a partir do que tu me relatar, Amanhã só vou clinicar no final do dia, tenho cliente das dezoito até as vinte e uma, Então até umas dezesseis e trinta estarei livre, Bárbara disse. E escutamos batidas contra o vidro da porta do salão de festas. Era o namorado dela parado do outro lado do vidro com duas taças servidas com vinho tinto. Bárbara levantou, abriu a porta. Oi, Federico, disse o namorado, Vim trazer um pouco de vinho pra vocês dois, Amor, e dizer que não é pra tu te preocupar, Eu e a professora Megale estamos dando conta de servir o povo lá em cima, falou. Bárbara pegou as taças e beijou o rosto dele, Obrigada, Rafael, ela disse. Obrigado, Rafael, eu disse. Ele acenou com a cabeça. Mais uns dez minutos, e eu subo pra ficar com vocês, ela disse. Se quiser subir depois e te juntar a nós, Federico, será bem-vindo, ele disse. Obrigado, Rafael, falei. Mais dez minutos, Bárbara, reforçou. E ele se retirou deixando a porta aberta. Bom rapaz, eu disse. Achei que a diferença de idade seria um problema, mas sabe que não foi, Ele é parceiro, É uma pessoa radiante, Me conforta, me acalma, e entregou pra mim uma das taças. Agradeci. Não deixa que a raiva tome conta da tua sobrinha, Bárbara retomou, Tenta, Dentro do que estiver ao teu alcance, falou, Raiva não pode virar consolo, enfatizou. Eu sei, eu disse. A cruzada do pai pode afogar o filho, lembra sempre disso, pediu. É complicado quando é com alguém que é próximo da gente, eu disse, Se ela for recolhida pro presídio a vida dela vai, Imagina, Aquele inferno, lamentei. Olha, Não tem como saber o que vai acontecer, Federico, Não entra nessa de projetar, de antecipar, Sei que é o óbvio, mas tenho obrigação de te lembrar disso, falou. Lourenço me disse que ela tá falando em largar a Matemática pra cursar Jornalismo, falou que quer ser repórter, eu disse. Acho que escolher o curso de Jornalismo pode ser um bom sinal, ela disse e levantou, Vamos subir, Tu vai gostar do pessoal lá em cima, Come alguma coisa com a gente, Termina este vinho, Depois vai descansar, Tuas olheiras estão bem fundas, Vamos, por favor, ela disse. Esquece, já atrapalhei demais, Só vou te pedir pra ficar sozinho aqui uns minutos e terminar essa taça, Pode ser, perguntei. Mas daí vou ficar me sentido culpada por te deixar sozinho, ela disse. Tu me conhece, Sabe que não é culpada de nada, Sabe que vou ficar bem, Só quero processar o que conversamos, Não vim aqui te incomodar de graça, Tô preocupado, Tentando não me desequilibrar, falei. Tu sabe que eu tô sempre aqui se tu precisar, falou, acenou com um abrir e fechar de mão e, levando sua taça sem ter dado nem sequer um gole, voltou pra companhia dos seus convidados.

Tomei um pouco do vinho, bom vinho, peguei o celular, listei na cabeça: primeiro Andiara, depois Micheliny e, por fim, Eduardo, o doutor Eduardo, o Travolta.

Oi, enviei pra Andiara.

Oi, Micheliny. Pode falar?, enviei pra Micheliny.

To em Porto Alegre. Pode falar?, enviei pro Travolta.

Oi Federico. Td bem?, Micheliny enviou.
Como foi lá na comissão hoje?, enviei.
Sentimos sua falta.
Não é pra tanto.
Eu e o Ruy estamos cada vez mais isolados com relação ao software... Ricardo não apareceu de novo, acho que desistiu.
Te mandei a mensagem pq não sei se conseguirei retornar pra Brasília na semana q vem pra nossa reunião na terça.
A coisa ta seria por ai?
Problemas familiares. Não sei se volto a tempo nem pra reunião de quinta. Vamos ver como as coisas vão transcorrer aqui.
Não seria bom faltar tanto. Sua contribuição é importante.
Sou o q menos fala.
Mas é o que mais desconfia da comissão. É bom ter alguém que desconfie por perto.
Não confio neste governo, Micheliny.
Entendo.
Desculpe, não quero colocar você numa saia justa.
Nós na comissão estamos fazendo algo importante, Federico.
Admiro sua postura. Se precisar de alguma coisa, estou aqui.
Digo o mesmo, ela enviou.
Falamos, enviei.
Ela enviou emojis.

To no cinema filme terminando qdo sair telefono, Travolta enviou.
Ok, enviei.
Travolta enviou emoji.

Terminei o vinho em três emborcadas. Levantei, apaguei a luz do salão de festas, saí, fui até o porteiro, pedi pra ele entregar a taça pra Bárbara, agradeci, desejei bom trabalho. Ele agradeceu, destravou a porta. Saí do prédio, caminhei pela Álvaro Alvim até a Dona Leonor e depois até a esquina com a Protásio Alves, onde ficava o Al Nur, restaurante que eu e Bárbara costumávamos frequentar no final dos anos mil novecentos e noventa. Entrei, pedi três esfirras de carne e um guaraná. Travolta me mandou um WhatsApp dizendo que já tinha saído do cinema e perguntando se podia me ligar. Eu disse que deixasse, que eu ia ligar pra ele. Liguei. Ele estava com a noiva. Foi engraçado ouvir a voz dele falando noiva. Perguntei se ele sabia dum lugar qualquer no Partenon onde os frequentadores fossem estudantes, que a clientela fosse a juventude na faixa dos dezoito a vinte e cinco anos. Quer traçar uma universitária, Caralho, Isso é muito sagaruga índia, seu canalha, Canalha, falou. Disse pra ele não falar merda, que não era nada daquilo, só queria saber como era o novo Partenon, saber aonde iam os universitários do meu bairro, coisa que não existia no nosso tempo. Ele riu, disse que ainda bem que as coisas mudavam. Pensei em dizer pra ele que sim, as coisas mudavam, e a maior prova de que as coisas mudavam era justamente ele, o mais preguiçoso e arregado da turma do meu irmão, ter se tornado um traumatologista de respeito, mas deixei passar. Tem um lugar que abriu faz uns dois anos, o Guitarreiro, que é um bar com palco, onde acontece um monte de show legal, É um bar de samba-rock, mas o que mais rola por lá é show de rap, Já fui lá umas vezes com a Suzana, Fica na rua Santa Maria, ele disse. Falei que daria um pulo lá então. Ele disse pra eu ficar esperto, pra ir de táxi, fez questão de observar que, diferente de mim, ele continuava no bairro e, por isso, como morador do bairro, o que tinha a me dizer era pra eu tomar cuidado, principalmente no São José. São José era o bairro onde ficava a rua Santa Maria, bairro limítrofe ao Partenon, considerado por todo mundo da Leste como parte da Grande Partenon. Explicou que o São José não estava brinquedo, que, a exemplo do que estava acontecendo com toda a Porto Alegre, cidade onde bandido podia entrar tranquilamente no aeroporto e executar a sangue-frio o desafeto no saguão da área de desembarque, sair caminhando e escapar numa boa, não dava pra chegar dando mole depois das dez da noite. Agradeci os conselhos, disse que esperava encontrar com ele em breve. Largou o seu tradicional vê se não te mata. Respondi com um vê se não te mata também. Desligamos. Comi as esfirras, não cheguei a tomar todo o guaraná da garrafa. Pedi a conta, paguei, saí. Na Protásio Alves tomei o primeiro táxi que passou. O motorista estava de pilcha, pilchado a caráter mesmo, bota, bombacha, guaiaca, camisa branca, lenço vermelho, chapéu de feltro barbicacho. Perguntei se era maragato ou torcedor do Internacional. Ele respondeu que não era nem um nem outro, disse que gostava do vermelho porque vermelho era uma cor boa de usar quando se trabalhava à noite como ele, era a cor da capa de São Jorge, uma cor que afastava o mal, e perguntou se eu já tinha ido no Acampamento Farroupilha no Parque Harmonia daquele ano. O acampamento era montado no dia sete de setembro e ia até o dia vinte, que era o Dia do Gaúcho, do orgulho de ser gaúcho, dia de comemoração da Revolução Farroupilha. Eu disse que nunca tinha ido. Ele falou que eu estava perdendo porque era uma energia muito saudável, a gauchada irmanada celebrando o esforço empregado numa das guerras mais épicas e sangrentas da história do nosso país. Sangrenta, Só se tiver sido pros negros, que foram traídos pelos proprietários rurais e pelas lideranças políticas, eu disse. Não acredito nesta versão, ele disse, Sou de cor e me sinto muito bem representado nas comemorações da Semana Farroupilha, Os escravos lutaram ao lado dos brancos e lutaram por liberdade e deram suas vidas por um Rio Grande do Sul livre da opressão, livre da exploração do Império, Não nos dobramos, Isso é o que importa, argumentou. Respeito sua versão, E acho bonita a comemoração do Vinte de Setembro, mas a verdade é que nós perdemos a guerra e que se houve algo de sangrento foi sangrento de verdade só pro lado dos pobres, dos escravizados, que foram, sim, traídos pelo Canabarro e por outros líderes da revolução, como o Bento Gonçalves, eu disse. E estávamos justo na avenida Bento Gonçalves naquele momento. Bento Gonçalves morreu rico, inclusive deixou escravos pros seus herdeiros, como têm mostrado os novos historiadores, E a guerra, Não foi uma das guerras mais sangrentas, Teve outros conflitos bem mais sangrentos no Brasil, Outra coisa que não é verdade é a versão de que foi uma revolução iniciada em defesa de grandes ideais, Como folclore até dá pra aceitar a imagem, mas o que se sabe hoje é que houve muita coisa ruim do lado dos farroupilhas também, eu disse. O táxi passou pela PUC e mais adiante entrou na Santa Maria. E só pra concluir, senhor, eu disse percebendo que ele não estava gostando nada do que eu estava dizendo, Hoje também se sabe que o decreto de anistia e todos os outros decretos do Império que favoreceram os líderes rebeldes, a elite sulista, em momento algum previram a libertação dos escravos que lutaram, Eles foram colocados à disposição do Império, tratados como homens escravizados que eram, como mercadoria, eu disse. O taxista parou na frente do bar, deu o preço da corrida. Paguei, agradeci. Desejei boa-noite. E ele não respondeu.

Quando entrei no Guitarreiro estava tocando uma bem rara do Jam Pony Express DJ's. Lendo os cartazes afixados no corredor de entrada descobri que a banda que ia tocar naquela noite era a Partenon Oitenta, a ida ao Guitarreiro não ia ser só um bisbilhotar o que estaria fazendo Roberta numa noite de quinta-feira, ela que conversando comigo na casa dos meus pais três anos atrás, precoce que era, contou que não gostava muito da Cidade Baixa e do Bom Fim, quando perguntei se ela ia muito pro Bom Fim, disse que era mais dos bares do Centro Histórico e do Partenon. Depois do Jam Pony tocou Funkadelic e depois do Funkadelic tocou Public Enemy. Nas paredes tinha um monte de fotos, um monte de capas de discos, reportagens de revistas, cartazes de shows, de várias bandas negras, de vários músicos negros. Peguei um guaraná no balcão e fiquei por ali mesmo observando a movimentação. Era mesmo um bar de universitários. Pelas indumentárias e comportamentos, três ou quatro estavam com blusões com logotipo da PUC, eu supus, era um bar muito mais frequentado por alunos da PUC do que por alunos da UFRGS ou da Unisinos, mas não tinha como eu saber. Quando terminei meu refrigerante e fui pedir outro, reparei que um cara da minha altura, porém bem magro, na extremidade oposta do balcão, me encarava ostensivamente. Pedi o guaraná, entreguei a comanda e encarei de volta. Ele não se intimidou, veio na minha direção. Me preparei pro que tivesse de acontecer. Oi, ele disse. Não respondi. Tu não é irmão do Lourenço do basquete, técnico de basquete do União, perguntou. Por quê, eu disse. Tranquilo, Não quero confusão, Sou o Caio, um dos sócios do bar, ele disse. Sim, sou irmão dele, sim, respondi. Tu é o Federico, não é, ele disse. Me desarmei um pouco. O atendente me entregou o guaraná e a comanda. Teu irmão é muito bróder, foi professor de basquete dos dois filhos da minha atual companheira quando dava aula de educação física no Colégio Santo Antônio, eles adoram o Lourenço até hoje, ele disse. Lourenço já não dá aula naquele colégio faz um tempo, eu disse. Sei, ele tá só no União, ele disse. Pois é, eu disse. Conheço ele lá do Bondinho's, Tá ligado, Eu era um daqueles pivetes magricelos que ficavam zanzando por lá no início da madrugada pra ganhar um prensado, um leitão, que era como a gente chamava o kit-lanche que o Bodinho preparava pra nós, Bodinho, Aquele era parça, senhor coração, Me dava comida sem refugar, eu tentava ajudar no que podia, fiquei uns três anos por ali, depois arranjei outra coisa, O Bodinho foi o cara que evitou que eu virasse menor de rua, Sempre dava uns conselhos, Teu irmão também me dava uns conselhos, ele disse. E percebi que, pelo jeito de falar e de me olhar, o cara estava alterado, cheirado, sei lá. Lourenço era alta moral, Tá ligado, Eu usava um pouco de cola de sapateiro, mas lembro de todos vocês, De todos que iam pegar lanche no Bondinho's, De todas as turmas, disse reflexivo, Sou bom de guardar nome e feição, Mas com o Lourenço, mesmo que eu não tivesse essa facilidade, eu ia guardar o nome e o rosto dele, Pra sempre, Cara generoso, chegava no Bondinho's com umas becas muito foda, uns abrigos, uns tênis importados, Lembro que ninguém tinha tênis importado naquele tempo, ainda mais no Partenon, Era classe demais ver o teu irmão, Não era de graça que trabalhava como modelo, Era sossegado, Não me evitava, Não tinha medo de trocar uma ideia comigo, Não me tratava como se eu tivesse lepra, disse emocionado, apesar da agitação, Tu também ia lá de vez em quando, não ia, perguntou. Fui algumas vezes, respondi. Pois é, Eu te sacava também, mas tu era mais arisco, falou. Interagia menos, só isso, respondi. Pois é, Mas vou dizer, Escapar de casa, descer a Humberto de Campos, pra ir pro Xis do Bodinho, Na boaça, Eram os momentos auge da minha semana, falou. Balancei a cabeça pra que visse que eu estava entendendo. Sabe o que me salvou,

O que me salvou, na real, foi que a atrapalhada da minha pobre mãe morreu, Essa é a verdade, Minha santa e louca da cabeça mãezinha, que Deus a tenha, morreu, e eu e minha irmã fomos morar com a nossa tia, aqui da Vila João Pessoa, Nossa tia, que já tava criando três bacuris, que era de mal com a minha mãe, mas que nos acolheu, tia que nos colocou nos trilhos, Ela trabalhava prum vereador do PDT e depois meio que virou companheira dele, conseguiu estudo pra nós, assistência pra nós, Minha tia virou militante das mais engajadas, meus três primos, minha irmã e eu também, Comecei a me envolver com as reivindicações das comunidades aqui da região, da Santo Antônio até a Lomba do Pinheiro, Aparício Borges, Jardim Carvalho, Agronomia, Tuca, Morro da Cruz, Mais tarde saí do PDT fui pro PT, Comecei a me envolver mais com as paradas culturais, com umas bandas, grupos de teatro, eventos tipo o Porto Alegre Em Cena, entrei na faculdade de Administração, Depois larguei o curso no terceiro ano pra abrir uma produtora de eventos, E a vida girou, E acabei aqui, sócio duma casa de espetáculos na São José, ele disse. Bela trajetória, respondi. Sou fã do teu irmão, Lourenço nunca abandonou a área, Lourenço não é teoria, Lourenço simplesmente é, ele disse. Sim, falei. Ele ainda tá morando no Jardim Botânico, perguntou. Sim, respondi. Trocou de zona, mas nunca deixou de vir pra quebrada pra rever os amigos, ele disse. Que horas começa o show, perguntei. Ele consultou as horas. Daqui a meia hora, no máximo, respondeu. Posso te fazer uma pergunta, ele disse. Sim, eu disse. Tu que tem formação e é doutor, escreve artigos pra jornal, revista, tá firmão de líder nuns vídeos da causa black no YouTube, maior estrela, mora em Brasília, tá numa comissão pica-grossa desse novo governo furada aí, tudo bem, não vou te julgar por isso, Tu, Federico, O que tu veio fazer num bar na São José, perguntou. Eu vim, tentei responder. Ele não deixou. Li umas entrevistas recentes tuas, ele disse, Tu é bem articulado. E meu celular vibrou. Conferi. Era uma mensagem de WhatsApp da Andiara. Vibrou de novo e de novo. Cara, a nossa conversa tá muito boa, eu disse, mas preciso ver umas mensagens que chegaram, e me afastei.

Só agora vi sua mensagem. Saudade, Andiara enviou e enviou emoji.

Estou num bar q vc não ia acreditar, enviei.

Td bem por aí?

Tudo bem, queria conversar um pouco contigo.

Estou sem condições. Fui na reunião da comissão. Me sinto cada vez mais em uma torre de babel. Sou a única q ainda defende a autoidentificação.

Se é o teu entendimento, sustenta.

À tarde fui p biblioteca do congresso e fiquei lá até fechar. Depois fui nadar. Estou exausta. Meio de ressaca.

Vou te ligar, vamos falar um pouco.

Nem pensar, vou tomar meio Rivotril e vou apagar aqui. Acordo cedo amanhã, preciso desacelerar, corpo quebrado, mas cabeça ligada no duzentos e vinte.

Só queria ouvir tua voz.

Se começarmos a falar vamos falar por uma hora no mínimo e vou perder o horário de ir p cama. Preciso ir p cama. Enviou emoji. Amanhã você me liga.

Ok. Descansa. Beijo.

Saudade, enviou.

Igual, enviei.

Ela enviou emoji.

Quando voltei pro balcão e pro meu guaraná, Caio estava com uma garrafa de vodca e dois copos-martelinho vazios me esperando. Cara, me adiantei, Valeu aí, mas eu não vou beber, Vou assistir ao show da banda e é isso, falei. Ele serviu a vodca nos copos mesmo assim. Vamos lá, Tu tá no meu bar, Vai me fazer essa desfeita, insistiu. Peguei o copo. Brindamos, bebemos. Mais uma rodada, ele disse e encheu o seu copo. Obrigado, e peguei o meu copo do balcão sem que ele tivesse tempo de me servir. Só mais uma, Pra eu poder dizer que o Federico, irmão do Lourenço, veio no meu bar e que tomamos não só uma, mas duas, Vamos lá, E depois tiramos uma selfie pra eu postar no Insta do Guitarreiro, ele disse. Cara, obrigado, mas é isso,

Vou ver o show da Partenon Oitenta e vou embora, falei. Ele me olhou com os olhos vidrados. Meu chapa, vou te dizer o seguinte, Tu meio que te acha, né, Deve ser divertido posar de porta-voz da galera, rei da teoria, protagonistão, Tarzan da macacada, Diz aí, Veio conferir a macacada, Tirar uma onda com a macacada, olhou ao redor e voltou a me encarar, Enquanto tu tava no teu celular fiquei lembrando, Eu achava curioso tu ser irmão do Lourenço, porque ele era preto e tu era branco pra caralho, E eu pensava que se vocês eram irmãos, apesar dele ser marrom e tu palmito, se ele era legal, tu devia ser legal também, E daí uma vez tentei puxar conversa contigo, mas tu me olhou com olhar de superioridade, olhar de quem se achava melhor do que eu, de quem se achava melhor do que todo mundo, e me disse só uma frase, Tu lembra, indagou, Não, com certeza tu não lembra, Tu disse que não dava esmola, Cara, tu disse pruma criança de dez anos, que só queria perguntar como tava o teu irmão, que não dava esmola, Tu tem noção do tamanho da tua arrogância, Tu tinha o quê, Uns dezesseis, Uns dezessete, tinha saúde, tinha pai e mãe, pai e mãe que devem ter te dado tudo, tinha inteligência, E não foi capaz de conversar com uma criança que só queria um pouco de atenção, ele disse. Aí, Caio, não vim aqui pra agredir ninguém, Se eu errei contigo três décadas atrás, me desculpe, Acho que melhorei um pouco de lá pra cá, Me desculpe, De verdade, eu disse, Vim aqui, no teu bar, porque me disseram que era um lugar legal, No meu tempo não tinha um lugar legal como esse daqui nesta zona, aqui no bairro, falei. Aqui no bairro, ele disse, Pois é, O bairro, Cara, Me conta, Que trabalho tu fez pra gurizada preta aqui do Partenon nos últimos dez anos, nos últimos quinze anos, perguntou, Cara, tu não faz nada pelo teu bairro, acusou, Eu saí da merda porque me deram uma chance e me grudei nela, falou. Que bom, devolvi. E ter saído da merda é o que me autoriza a dizer pra otário-arigó, quando eu encontro um, que ele acha que tá abafando, mas não tá, ele disse. Agradeço a dica, eu disse. Tu é metidão, Federico, sempre foi, Olha tua cor, olha o teu cabelo, o jeito que tu usa esse teu cabelo lambido, Tu tem essa tua casca de branco, essa pele passe-livre do caralho, Tu nunca vai entender o que é ser preto, ser um fodido perseguido vinte e quatro horas na tua rua, no teu bairro, na tua cidade, Tu não sabe, Tu é metidão, Por isso, cumpádi, não vacila, Hoje, tu tá aqui, tá de boa aqui no Guitarreiro, Vai ver o show da Oitenta, Mas não vacila, Vaza dessa tua pose, dessa tua viagem grossa de paladino justiceiro, Não tem mérito nenhum, Tu não sabe o que é ser raça, Não te mete a defensor da causa, seu palmito zé roela oportunista de merda, E pensa três vezes antes de voltar aqui de novo, Se tu vier, e eu tiver aqui, pode dar um ruim bem grande pro teu lado, Te aligeira, e virou o martelinho de vodca que estava servido. Dei uma batidinha no ombro dele, larguei um valeu mesmo e me afastei do balcão, fui pro fundo do bar. O show começou quinze minutos depois. Assisti. No Guitarreiro, muitos jovens, muitas garotas e garotos que poderiam ser Roberta. O tal do Caio continuou no mesmo lugar no balcão, bebendo sua vodca e aplaudindo entusiasmado ao final de cada música até o fim do show.

O telefone que fica no corredor, um dos quatro telefones espalhados pela casa, o de parede, tipo telefone de pensão, o de volume mais alto da casa, toca muitas vezes. Minha mãe deve ter saído, acho que mencionou que tinha de ir até a costureira da Antônio Ribeiro levar a sacola com nossas roupas que precisavam de conserto. Levanto da cama, abro a porta do meu quarto e, no corredor, atendo ao telefone. É o Joel Mosco Heroico. Digo que Lourenço não está em casa. Ele diz que é comigo que quer falar, diz que foi Lourenço que deu o toque pra ele me ligar, conta que está encalhado com três ingressos pruma festa que vai acontecer no Leopoldina hoje à noite, explica que comprou quatro porque ia com seus primos que iam vir de Nova Prata, mas a mãe deles passou mal, parece que está tendo uns problemas sérios no coração, que devia ter melhorado, mas não melhorou, e os três decidiram não viajar, e pergunta se não quero comprar um ingresso, pra dar uma força, pra ele não ficar no prejuízo, diz que a festa vai ser boa, dá um monte de detalhes. Eu pergunto o preço. Ele responde. Digo que quero dois, mas quero desconto. Ele fica em silêncio por um segundo e depois diz que pode me dar um desconto de dez por cento. Digo que vou ficar com os ingressos. Ele diz que está fechado e fala mais um monte de coisa que não tem nada a ver com a festa, mas que são coisas engraçadas, Mosco Heroico tem lábia de vendedor tipo vendedor de carros usados, do tipo que se preocupa em dar satisfação total pro cliente mesmo quando a venda já está celebrada, mesmo quando não negociou tão bem como esperava ter negociado, depois diz que precisa vir até o bairro e que vai soltar os ingressos na minha casa. Digo que não precisa, que estou pensando em sair de casa umas três da tarde e só voltar umas sete da noite. Mas como todo homem de negócios que sabe que está negociando com bom pagador, ele tem a manha de que precisa entregar a mercadoria pro comprador duma vez pra deixar demarcado que o negócio está fechado e que não tem volta, diz que não tem problema algum passar na minha casa antes das três. Digo que vou esperar por ele então, mas que só acho que vou conseguir o dinheiro mais tarde, que pago ele à noite. Ele diz que está de moto e que antes das três vai deixar os ingressos na caixa de correspondência da minha casa, pra ele não perder tempo, pra eu não ter de sair pra atender ele, e agradece a força. Desligamos. Fico por minutos no corredor, parado, olhando pro telefone. Depois vou até o quarto-ateliê da minha mãe, o espacinho dela, o lugar onde ela se enfia pra se esconder de nós, tirar suas férias-prêmio diárias de nós, pego um pedaço de papel Canson trezentos gramas, dos que ela divide na base da régua em oito partes e deixa empilhados num canto da mesa, papel caro, de fibras de algodão, texturizado só no anverso, feito pra durar séculos, volto pro quarto, sento à minha escrivaninha, pego uma das canetas Uni-ball, que ela, a minha mãe, me deu de presente quando passei no vestibular, pego o vinil *Let's Dance*, do Bowie, o melhor disco que comprei no ano passado, tiro o encarte de dentro da capa, leio a letra da música Let's Dance, pego o cartão Canson, escrevo e risco e escrevo:

~~If you say run, I'll run with you~~
Se tu disser escape, eu escapo junto contigo
~~If you say hide, we'll hide~~
Se tu disser te esconde, nós nos esconderemos
~~Because my love for you~~
Porque o meu amor por ti
~~Would break my heart in two~~
Quebraria meu coração em dois
Se tu caísse nos meus braços
E tremesse como uma flor

Pego um envelope padrão dos correios com o tradicional intercalado verde-amarelo impresso nas margens, o mesmo envelope onde vou pôr um dos convites pra festa de hoje à noite no Leopoldina, e coloco o cartão dentro me sentindo um pouco mais disposto pra tomar uma chuveirada e, por volta das três, sair de casa.

Meu celular tocou às seis e quarenta e sete da manhã. Está em Brasília, perguntou meu pai do outro lado da linha. Bom dia, pai, falei com a intenção de desarmá-lo. Bom dia, Federico, ele disse. Consegui desarmá-lo. Tô em Porto Alegre, respondi. Chegou quando, ele perguntou. Hesitei por um segundo. Ontem no início da tarde, respondi intuindo que ele perguntaria por que não liguei avisando que estava na cidade. Mas ele não perguntou. Está com teu irmão, foi o que perguntou. Não, mas vou encontrar com ele daqui a pouco, Tô num ibis aqui na Garibaldi perto da Farrapos, Ele ficou de me pegar de carro às oito, falei. Então estás em Porto Alegre, enfatizou. Tô em Porto Alegre, pai, confirmei. Acabo de ler uma notícia no jornal sobre a Roberta, ele falou. Pois é, pai, Eu e o Lô achamos melhor não contar nada nem pra ti nem pra mãe, achamos que tudo ia se resolver ontem, Infelizmente não se resolveu, eu disse. Eu sei, Liguei faz pouco pro Plantão Judiciário, Me identifiquei, E perguntei como ela estava, ele falou. O que te disseram, perguntei. O funcionário que me atendeu, e que por sorte sabia quem eu era, me disse que ela está bem, falou. Sim, tão tratando ela bem, Não mandaram pro presídio, o que, como tu sabe, é uma coisa boa, eu disse. Tu está ajudando o teu irmão, ele não precisava perguntar, mas perguntou. Sim, Vim de Brasília pra isso, falei. Fizeste bem, ele disse. Mais tarde eu passo aí pra ver tu e a mãe, eu disse. Confere se o advogado está trabalhando direito, asseverou. Ele é bom, Pode ficar tranquilo, pai, ele é bom, garanti. Se precisar usar meu nome, pode usar, Se tiver de me ligar, pode me ligar, ele disse. Já falou com o Lourenço, perguntei. Quis falar contigo antes, ele respondeu. Pra saber, eu disse. Sim, pra saber, ele disse. Estou aqui, pai, tentei tranquilizá-lo. Vou ligar pro teu irmão, Será que ele já está acordado, meu pai disse. Com certeza ele já tá acordado, Mas não sei se não é melhor deixar pra ligar pra ele de tarde quando a gente já tiver uma ideia mais clara do que vai acontecer com a Beta, eu disse. Pode ser melhor assim, não é, perguntou. Eu acho, respondi. Então vou ligar pra ele no início da tarde, falou. E a mãe, Já tá acordada, perguntei. Não, a Célia ainda está dormindo, ele disse. Se depois dela acordar, e tu contar pra ela o que aconteceu, ela quiser saber da Roberta, diz pra ligar pra mim, Pode ser, eu disse. Pode, ele disse. Vamos resolver isso, pai, E vamos resolver hoje, falei. Tudo bem, filho, ele disse. Beijo, pai, E dá um beijo na mãe, eu disse. Me telefona, ele disse. Na sua voz, mais pronunciado do que das outras vezes em que falamos pelo telefone, o timbre agudo, quase metálico, que apareceu nos últimos anos, e desligou.

Na frente do Plantão Judiciário do Palácio da Polícia, entre um dos vãos deixados pelas cinco viaturas estacionadas na calçada, Augusto nos informou que o delegado tinha recusado nosso pedido pra falar por alguns minutos com Roberta. Que continuasse aquela indefinição quanto ao destino dela, já que ainda não tinham se completado as setenta e duas horas depois da prisão, até que me parecia aceitável, mas não podermos encontrar com ela pra falar por um instante era algo com que eu não conseguia lidar. Aparentemente menos frustrado do que eu por não termos conseguido encontrar com ela, meu irmão estava num humor diferente, irresignação dele era outra. Pôs as mãos nos ombros do advogado e, sem ligar pro quão ridícula sua insistência poderia soar, perguntou como, caramba, um juiz podia demorar tanto tempo pra se decidir sobre o relaxamento duma prisão. Sem a mesma confiança do dia anterior e se livrando do peso das mãos de Lourenço sobre os seus ombros, o Augusto disse que o direito processual penal era sinuoso, que dependia muito da demanda, da logística administrativa de cada lugar, que Porto Alegre, pros que observavam de fora, dava a impressão de ser um dos lugares mais organizados do país, mais civilizados do país, mas não era, explicou que, na prática, o rito dependia do entendimento de cada julgador, de cada delegado, de cada promotor, que tinha certa margem de previsibilidade, mas que depois, se o previsto não se realizasse, era meio que jogar a solução prum grande cada um fazendo do seu jeito e vendo no que dava, e quem não se conformasse com o resultado que recorresse às instâncias superiores, disse que o importante era não deixar que a processualística administrativa duma prisão em flagrante se transformasse num labirinto, num labirinto sem saída, que a tarefa básica dum bom advogado era, antes de tudo, evitar que o cliente ficasse sem saída.

Das cinco viaturas que estavam sobre a calçada do Plantão Judiciário ficou apenas uma, um Fiat Palio. Escorado na lataria do capô do Palio, um policial militar, um rapaz dos seus vinte e poucos anos, mexia no celular enquanto fumava um cigarro. Mexendo no celular também estava Augusto quando meu irmão perguntou se não era o caso de entrar e perguntar pros policiais se não tinham novidade. Sim, boa ideia, ele disse. E meu irmão ficou olhando pra ele com cara de então vai lá, vai agora. Sua condição de pai agoniado pagando caro por aquela assessoria dava ao meu irmão o direito de, em algum instante mais crítico, exercer a prerrogativa da impaciência. Volto daqui a pouco, o advogado disse e entrou. Avisei pro Lourenço que ia dar uma circulada, que qualquer coisa ele me ligasse. Caminhei até a frente do Instituto Médico Legal, onde também ficava o principal laboratório de perícias da polícia civil do Rio Grande do Sul, que era o prédio contíguo ao prédio onde ficava o Plantão Judiciário. A fachada era a mesma do tempo em que meu pai tinha trabalhado ali como diretor-geral da perícia do estado, a entrada tinha se modernizado, mas não diferia muito daquela que eu tinha conhecido. Um grupo de cinco pessoas estava saindo do prédio: um homem dos seus setenta anos, três mulheres vistosas, dos seus quarenta, muito parecidas entre si, possivelmente irmãs, e um adolescente. O homem tentava confortar uma delas, o adolescente seguia mais atrás dos quatro com lágrimas nos olhos. E foi impossível não comparar a situação de quem se dirigia àqueles dois prédios da avenida Ipiranga atrás de parentes presos ou atrás de parentes mortos. Minha intenção, caminhar até a esquina com a Santana e depois até a esquina com a São Luís pra só então retornar, foi trocada pela de ficar ali, tomado pela empatia em relação àquelas cinco pessoas, observando as ações delas, aguardando o que fariam. O barulho dos carros passando em alta velocidade pelas quatro faixas da avenida Ipiranga e a minha distância em relação a eles, quinze metros, calculei, me impediam de ter uma ideia mais precisa sobre o que estavam conversando. Uma delas, a que aparentava ser mais velha, pegou o celular e fez uma ligação. Enquanto ela conversava pelo telefone, desolados, os outros a assistiam. E, tentando não ser invasivo, de longe, eu os acompanhava. A mulher começou a gritar ao telefone, e pude ter uma vaga ideia do que se tratava. Um assassinato. A mulher continuava ao telefone, os outros quatro continuavam inertes, observando cada gesto que ela fazia, cada palavra que ela dizia. Os minutos passaram e só me desconectei deles quando meu celular tocou e escutei a voz do meu irmão me dizendo pra voltar, porque Augusto tinha novidades.

Roberta ia ser levada, junto com um grupo de detidos na delegacia, até o Fórum Central, onde ia acontecer a sua audiência de custódia. O encaminhamento tinha sido determinado pelo juiz competente mais cedo, e os funcionários da delegacia, muito provavelmente, já sabiam do despacho, o delegado plantonista, o terceiro com quem estávamos tendo de lidar, era que tinha decidido liberar a informação só naquele momento. Lourenço perguntou pro advogado se ele fazia ideia do horário da saída de Roberta da delegacia e do horário da sua audiência. Ele disse que as audiências de custódia costumavam ser feitas uma atrás da outra, de vinte a trinta por manhã, que tinham uma ordem, uma sequência, mas que era difícil precisar a que horas ia ocorrer a da Roberta, que não adiantava ficar esperando ela sair na viatura, que o melhor era nos dirigirmos pro Fórum Central e aguardar. E, antes que eu pudesse perguntar se eu e meu irmão poderíamos acompanhar a audiência, emendou a informação de que tinha demorado não por causa da notícia da audiência de custódia, mas por ter encontrado um inspetor amigo seu, um velho amigo de quem foi se distanciando com o passar dos anos, mas que, apesar da falta de contato mais frequente, conservou por ele, Augusto, grande apreço, um apreço que era recíproco, inspetor antigo com bom trânsito pelos variados níveis da hierárquica funcional, que conhecia a estrutura, tinha todas as informações, a ficha de todos na polícia, principalmente dos que ocupavam cargos de comando, e não ia se recusar a contar o que tivesse de contar se ele, Augusto, perguntasse, com franqueza, sobre quem do alto escalão estava atrás de Roberta. E não foi diferente. O inspetor revelou que o delegado que estava interessado em Roberta era o delegado-chefe do Gabinete de Inteligência e Assuntos Estratégicos da Polícia Civil, o delegado Pederiva Setúbal, sujeito de poucos amigos, minucioso, dedicado, famoso por chegar no final da manhã e, invariavelmente, trabalhar até depois das oito da noite, inclusive nos finais de semana, e que, por ocupar o importante cargo que ocupava, sabia de tudo que acontecia na polícia civil e na polícia militar, e, mais cedo ou mais tarde, ia se tornar chefe de polícia, não pela via da politicagem funcional tradicional, mas porque era focado e rígido consigo mesmo como poucos delegados conseguiam ser. Lourenço perguntou o nome completo do delegado. Augusto disse que era Douglas Pederiva Setúbal. No mesmo segundo, peguei meu celular e digitei Douglas Pederiva Setúbal no Google. Não encontrei muitas informações a seu respeito, a maioria delas relacionava atividades na Academia de Polícia Civil. Nenhuma imagem do rosto, nenhum vídeo. Na sequência fui ao Facebook, descobri uma conta fechada pro público, e nela, na foto do perfil, o rosto dele.

Enquanto nos deslocávamos pro Fórum Central na caminhonete do Lourenço, eu no banco do carona, o advogado no banco de trás, fiquei refletindo sobre a conveniência de contar ou não pro meu irmão que o tal delegado da Inteligência e Assuntos Estratégicos da polícia civil era um dos caras com quem brigamos na frente do Leopoldina Juvenil em mil novecentos e oitenta e quatro, o da camiseta polo com o brasão do Grêmio bordado nas mangas, o único deles cujo rosto eu nunca esqueci. Se era metódico e bem informado, como o Augusto disse, com certeza sabia que Roberta era filha de quem era, neta de quem era, sobrinha de quem era, e, com certeza, não ia deixar barato pra cima dela. Pela especialidade e importância do setor que chefiava, devia ter competência funcional pra avocar a instrução criminal pra si e indiciar minha sobrinha da forma que quisesse. Terrorista, cúmplice de terroristas, o que fosse, o tal não ia parar até ferrar com ela, ferrar com ela pra ferrar comigo e ferrar com o meu irmão. Lourenço parou no sinal da Ipiranga com a Praia de Belas. Um casal de adolescentes atravessou pela faixa de segurança, mãos dadas, sorrindo, ela usando uma camiseta do Grêmio, ele usando uma camiseta do Inter.

Só Lourenço pôde entrar pra acompanhar a audiência. Era política do juiz encarregado autorizar apenas a presença dum parente por custodiado no recinto. A previsão era de que não duraria mais do que quinze minutos, mas acabou durando um pouco mais de meia hora, porque o promotor, segundo relato posterior do advogado, quis endurecer e chegou a aventar a tese de que Roberta poderia estar mancomunada com os outros estudantes que participaram do protesto e que também foram detidos na blitz, estudantes que carregavam produtos químicos suspeitos e panfletos suspeitos também. O juiz não aceitou a tese, disse que não tinham sido apresentados elementos suficientes, pelo menos não até aquele momento, que não havia provas que amparassem a tipificação da conduta dela como prática de terrorismo, tese que talvez tivesse sido sugerida ao promotor de justiça pelo delegado Douglas, Augusto aventou, e, antes de deferir a liberdade provisória sob fiança, arbitrando o valor da fiança em dez mil reais, deixou claro que aquela arma, o revólver calibre trinta e dois com munição vencida, mesmo sendo um bem de uso da polícia militar, não estava apta a desempenhar sua função mecânica, cumprir seu destino de arma de fogo, foram as palavras que o advogado usou, e, portanto, não oferecia perigo real. Roberta não foi liberada de imediato, só depois da última audiência da série de audiências programadas praquela manhã e início de tarde é que ela, junto com alguns dos outros detidos, já que muitos iriam pro presídio central, seria conduzida de volta à delegacia do Plantão Judiciário, onde só seria posta em liberdade depois que Lourenço recebesse a guia de recolhimento da fiança, fosse até a agência do Banrisul mais próxima, recolhesse os dez mil reais, voltasse à delegacia e apresentasse o comprovante do depósito pra ser anexado ao processo.

Às quatro e quinze da tarde é que saímos com Roberta da delegacia. Enquanto Lourenço e a filha conversavam em separado, perguntei ao advogado que restrições iam recair sobre a menina. Ele disse que não havia nenhuma restrição relevante, que se o juiz, na sua decisão, não tinha ordenado retenção de passaporte, não tinha proibido ela de sair à noite, de sair da cidade, não havia muito com que se preocupar, disse que ela só não ia poder se envolver em nova confusão, cometer crime, coisas do tipo, ou se ausentar da sua residência por mais de oito dias. Agradeci a assessoria dele. Vendo que Lourenço e Roberta estavam emocionados falando um com o outro, ele me pediu que dissesse pro meu irmão que estaria à disposição pra esclarecer qualquer dúvida que surgisse, que precisava sair voando pra ajudar um de seus advogados assistentes que estava assessorando outro caso que inicialmente não devia ser complicado, mas que estava se revelando bastante complicado. O labirinto, falei. Ele sorriu. Apertamos as mãos. Ele acenou de longe pro Lourenço e pra Roberta e se adiantou na direção da avenida conseguindo pegar um táxi que estava passando.

Sem dizer mais nenhuma palavra, depois que Lourenço de maneira enérgica se negou a explicar pra ela como um homem que sempre foi contra a posse e o porte de armas de fogo tinha uma arma de fogo em casa, Roberta levantou da mesa de jantar da sala, foi até o quarto e se trancou. Eu disse pra ele que talvez não fosse a hora de pressioná-la, que por ter sido pressionada é que ela o confrontou. Ele ficou olhando na direção da vidraça, contemplando o resquício da claridade do dia. Levantei, comecei a recolher os pratos, os copos, a panela com o resto do arroz com galinha que eu tinha preparado. Quando peguei a tampa da Fanta laranja, Roberta era viciada em Fanta laranja, que estava sobre a toalha da mesa, rosqueei de volta na garrafa, deixei de lado e comecei a recolher a toalha da mesa, Lourenço levantou a mão em sinal de pare. Tá bom, Federico, Deixa isso aí, E pode desistir de lavar a louça, disse Lourenço. Se eu cozinho, eu lavo a louça, falei. Ok, mano, mas tu tá na minha casa, Senta o rabo aí e te aquieta, pediu. Acha que ela vai ficar bem, perguntei. Vai sim, Só tá assustada, Lourenço disse. Vou fazer um chá, Quer um chá, perguntei. Senta aí, Federico, Caralho, cara, Para um pouco, reclamou. Tô bem, eu disse, e fui até o fogão, peguei a chaleira, enchi com água da torneira, coloquei pra aquecer, Lô, preciso te dizer uma coisa, disse em voz baixa, Não tô gostando do comportamento da Roberta, Não isso dela ter levantado agora do jeito que levantou e ter ido pro quarto, falo no geral, Parece que ela acredita mesmo que o caminho é a violência, Desculpe eu me meter neste nível, mas acho que talvez seja bom ela falar com alguém, Tu viu que em momento algum ela disse que estava errada, falei. Talvez seja bom ela conversar com alguém, ele disse. Vou ligar pra Bárbara, pedir pra ela vir aqui, sugeri. A Bárbara, Lourenço exclamou, Tu não esquece essa mulher, meu velho. Ela é a pessoa mais competente que eu conheço pra conversar com Roberta, eu disse. Tudo bem, mas acho que tu não percebeu que hoje é sexta-feira, Cara, a Bárbara deve ter compromisso, Tu não pode ligar do nada pra ela e dizer vem atender minha sobrinha, ele disse. Ela clinica até as nove, Se eu pedir pra ela dar uma passada aqui, ela vem com prazer, eu disse. Será, ele perguntou. Falei com ela ontem, Sei que ela não ia se negar a atender Roberta, eu disse. Federico, Federico, Tu não esquece mesmo essa mulher, E aposto como ela não te esquece também, ele disse, Vocês superaram as divergências, perguntou. Falei brevemente sobre meus últimos contatos com a Bárbara, sobre as partes da minha história com ela que ele, com certeza, desconhecia e depois, porque a conversa foi mudando de rumo, sobre começar a envelhecer sem ter alguém de quem se goste de verdade por perto, alguém com quem se possa contar, falamos como duas pessoas que perceberam que estavam em falta uma com a outra, que precisavam se reaproximar, falamos até nos darmos conta de que a chaleira, que eu tinha colocado no fogo baixo, estava fervendo já há algum tempo. Perguntei onde ele colocava os chás. Ele levantou, disse pra eu esquecer o chá, disse que ia fazer um chimarrão pra nós. Gargalhei como ainda não tinha gargalhado desde a chegada em Porto Alegre. Chimarrão a esta hora, Depois da janta, perguntei. Hoje não é um dia comum, respondeu. Eu não era muito de chimarrão, mas não recusava o amargo quando o convite partia de Lourenço, porque sabia que ele não gostava de tomar chimarrão sozinho. É erva boa, ele disse, Tipo grossa, Lá de Palmeira das Missões, observou. Vamos nessa, eu disse, vendo que ele se empolgou, puxei uma cadeira e me sentei.

A tropa de ursas foi construída para possibilitar a gestação estendida, minha mãe lê e me entrega a primeira das folhas onde fez os esboços pras ilustrações, No útero artificial das ursas é aperfeiçoada a formação dos fetos selecionados, entrega a folha com o segundo esboço, Até que a gestação estendida termine, o feto hospedado é chamado de pré--revigorado, Depois é chamado de revigorado, entrega o terceiro e o quarto esboço, No programa Ursas foi inserida a noção de esperança, e, interrompendo a leitura das suas anotações, olha pra mim fazendo a careta de quando não está satisfeita. O que foi, mãe, eu pergunto. A escritora usa a palavra esperanza, Mas eu prefiro a palavra alma, O que tu acha, pergunta. Esperança é bom, mas sou mil vezes alma, respondo. Então vai ficar alma, ela diz e marca no caderno de capa roxa que costuma usar pra preparar as ilustrações que vem fazendo há três anos pros livros da editora Rocha Rodrigues S.A., onde uma ex--colega de aula do tempo do colégio Júlio de Castilhos trabalha, amiga que, sabendo do seu talento natural pra desenho e pintura, mesmo estando ciente da sua condição de funcionária pública federal, chamou ela pra ser colaboradora. Está toda cuidadosa, cuidadosa até demais, porque é o primeiro livro estrangeiro que vai ilustrar. Pode continuar, sugiro. Ela me passa o quinto esboço. As ursas carregam os pré-revigorados até o décimo quarto mês da concepção, passa o sexto, Uma das ursas começou a apresentar falhas depois da última reprogramação geral das ursas, lê e me passa o sétimo esboço. Quando é que os fetos são retirados do útero das mães naturais e implantados nas ursas, interrompo. Implantados, pergunta. Balanço a cabeça. No final do oitavo mês, responde. Acho que esse é um detalhe que devia tá na tua lista. Aperta os lábios fazendo a careta de acho que tu tem razão e me diz tu tem razão. Essas ursas sabem que são máquinas, eu pergunto. Ela projeta seu olhar de agora tu está me interrompendo demais e me pede pra deixar as perguntas pra depois. A ursa fugiu da Unidade de pré-revigorados, passa o oitavo esboço, A ursa matou os que tentaram impedir que ela fugisse, passa o nono, A ursa, A ursa, e coloca de lado o maço de folhas com os esboços. O que houve, mãe, pergunto. Não tá funcionando, desabafa. Tá difícil, pergunto. Desta vez tá bem difícil, registra. É um livro difícil, pergunto. Não, é só um livro que mexe comigo, É uma história que me dá vontade de parar tudo e fazer uma outra história ou de recontar a história só com as minhas ilustrações, Em um novo roteiro, Uma história minha, Estou pensando nisso desde ontem, Acho que é por causa do assunto, Toda história que envolve maternidade mexe comigo, explica. Ficções científicas não deviam ser leves, pergunto. Nenhuma boa história é leve, Federico, Nenhuma boa história deixa de fora o que é denso, o que é pesado, observa. Por que tu não parte direto pras ilustrações, Faz sem roteiro desta vez, Se os editores te questionarem, diz que tu fez uma interpretação dialética da história, sugiro. Ela ri. Vai, prossigo, dispensa o roteiro desta vez, Tenho certeza de que tu vai fluir melhor, afirmo, O que pode dar errado, pergunto. Não consigo, filho, Preciso me localizar muito bem antes de começar a desenhar, antes de começar a pintar, Não entro no clima se, antes de começar o trabalho, as explicações não estiverem todas completadas dentro da minha cabeça, todas nos seus devidos lugares, diz. Cada uma delas na sua gavetinha, brinco. Cada explicação na sua gavetinha, ela confirma. Deve ter sido difícil pra ti colocar eu e o Lourenço na mesma gaveta, eu falo. Somos uma família, Federico, Estamos os quatro dentro da mesma gaveta, diz. Mas se tu não tivesse tido um filho escuro e um filho desbotado e, no lugar, tivesse dois filhos desbotados ou dois filhos escuros, tu nunca ia ficar batendo nessa tecla de que a gente é uma família negra, provoco. Pode ser mais explícito, mocinho, ela diz. É esse negócio de ser negro, mãe, É que, às vezes, as pessoas estranham isso d'eu me afirmar como negro, isso d'eu demarcar que sou negro, explico. Mas tu é negro, um negro pardo, ela observa, Qual é o drama, pergunta. O que eu tô querendo dizer é que mesmo que eu fale pras pessoas que eu sou negro, isso é pouco, Porque eu não entendo quase nada do que é ser negro, falando em termos de cultura, Se não fossem os churrascos nos domingos que a gente passa, de vez em quando, na casa dos primos do pai, nem o que é samba de verdade eu ia saber direito o que é, Eu olho pra maneira como vocês me criaram, pra criação que tu e o pai deram pra mim e pro Lourenço, e não vejo quase nada de negritude, do mundo negro, quase nada da cultura negra, falo dum modo dramático, que, por ser a minha mãe a interlocutora, não consigo evitar, Nós somos uma família negra, porque tu sempre disse que a gente era negro, Tudo bem, Mas onde tá a nossa negritude, Nós parecemos uma família branca, só nos relacionamos com gente branca, teus colegas e amigos, com exceção dos Moreira e dos Arantes, são gente branca, os colegas e amigos do pai são brancos, A gente se blindou, Porque acho que, no fundo, esse era o jeito do pai de se afirmar, De se blindar e não enxergar nada que envolvesse essa história de raça, de ignorar os brancos, de ignorar os brancos que não gostam de gente escura, Mas também de ignorar todo o resto, Os negros, A cultura negra, O racismo, digo. Tu tá falando do quê, Federico, diz. Estou falando dessa palavra que, até pra nós, é um tabu, Racismo, Tô falando do racismo, mãe, digo. Olha, não sei aonde tu quer chegar, Mas se tá querendo me cobrar por que a nossa casa não se transformou numa sede do movimento negro e não tá cheia de bandeiras e cartazes com a cara do Zumbi dos Palmares, com dizeres Nelson Mandela Free, pode ir tirando o teu cavalinho da chuva, A resposta é, Eu me preocupo com a nossa família, Com a saúde dos meus filhos, Do meu marido, Com a nossa tranquilidade, Não me preocupo com agitação, Por isso quero uma casa que tenha paz, que é de paz que o teu pai e o teu irmão precisam, Do portão da rua pra dentro, Pra dentro do nosso pátio, da nossa casa, é o nosso lugar, O nosso chão, Nosso espaço sagrado, nosso espaço de ser feliz, de nos fortalecermos para a vida, e suspira, Teu pai é da polícia, Tu sabe todos os riscos que ele corre, Tu sabe o preço que ele paga para não precisar baixar a cabeça para os superiores dele, que são todos brancos, sim, Tu sabe o preço que ele paga por ser honesto, decente, às vezes até demais, Teu pai não pensa em cor, não olha para cor, para a cor da pele dele, para cor da pele dos outros, Ele não perde tempo com isso, Racismo, Ele se vê como um homem, Como um homem que não deve nada para ninguém, E ele age, Ele faz, Ele vive, Nós enxergamos o racismo, Nós sabemos o que é racismo, mas não cedemos, Não te cobra tanto, e traz a mão até a minha cabeça, alisa o meu cabelo. Fico em silêncio. Por que tu tá inseguro desse jeito, pergunta, Alguém te disse alguma coisa, pergunta, A Bárbara, pergunta. Não tem mais Bárbara, eu falo. Me engana que eu gosto, ela diz e ri. Sério, eu digo. Aconteceu algo quando tu te apresentou pra seleção no quartel hoje de manhã, pergunta. Claro que não, respondo e pego as folhas com os esboços que ela não me mostrou. Tira essas minhocas da cabeça, filho, Não fica inseguro, Insegurança não combina contigo, Não combina com nenhum de vocês três, ela diz. Passo os olhos nos desenhos dela, um a um. Sei como as pessoas nos admiram e o quanto, muitas até, nos invejam, eu digo, Mas acho que a gente podia mais, Sou negro, mas não sei combater o racismo, Sei passar por ele, sei me afirmar, Sei que o meu irmão passa por ele, Mas não é passar por ele a questão, É acabar com ele, mãe, acabar com esse negócio todo que tá muito errado, esse negócio que é uma prisão, insisto. Filho, você só tem dezessete anos, Sei que nessa idade a gente acha que vai consertar o mundo, mas não é assim, ela adverte. Não quero me sentir negro porque aprendi a dizer que sou negro, Feito um papagaio, Quero entender de verdade, eu digo. Ela levanta da cadeira onde está. Filho, não lamente, não perde teu tempo se lamentando, ela diz. Entrego as folhas nas mãos dela, levanto, Vou pro meu quarto, digo. E não deixa a Bárbara te fazer sofrer, diz pegando firme no meu queixo. Fica fria, mãe, Dei muita coisa pra Bárbara, mas ainda não dei esse poder, eu falo. Escuta, Antes de tu sair, Me diz se tu sabe até que horas o teu irmão ficou em casa hoje de manhã, pergunta, Porque hoje ele não ia ter os dois primeiros períodos, diz. Não sei, mãe, Com o negócio d'eu me apresentar no quartel hoje, acabei nem cruzando com ele, Eu não tava em casa no horário que ele costuma acordar nas sextas, digo. Ele tem que acabar esse supletivo, E a gente tem que dar toda a força que puder para ele, minha mãe diz. Eu sei, Tô sempre de olho no piá, eu digo. E ele de olho em ti, ela replica como qualquer mãe atenta replicaria. Saio do seu quarto-ateliê sem dizer mais nada, sem olhar pra trás, e, como já aconteceu outras vezes em que invadi seu espaço, escuto o som do trinco da fechadura encaixando no batente quando ela fecha a porta pra fazer suas coisas, pra se isolar de nós, pra tirar suas microférias de nós.

No táxi que devia me levar da casa do meu irmão, no Jardim Botânico, até o hotel, o motorista, um senhor que aparentava uns setenta anos, assim que cruzamos a esquina da Ipiranga com a Barão do Amazonas, começou a falar do novo governo, do quanto acreditava e apostava na capacidade do novo governo resgatar a economia do país. Ele falava e acionava o esguicho do lavador de para-brisa a cada trinta segundos, o que, se não prejudicava a visibilidade dele pra dirigir, prejudicava a minha tranquilidade de passageiro sentado no banco de trás. Quanto aos elogios dele pro novo governo, deixei que elogiasse, achei que meu silêncio o desestimularia, mas não, apenas o encorajou. Um pouco antes de chegarmos na esquina do Planetário, onde deveríamos sair da Ipiranga, e pegarmos a Ramiro em direção à Farrapos, ele disse que só a volta do regime militar de exceção de mil novecentos e sessenta e quatro, regime militar de exceção foi o termo que usou, ia acabar de verdade com a vagabundagem geral que não deixava o Brasil prosperar moral e economicamente. Tudo tinha limite. Entramos na Ramiro. Na frente do prédio da Bioquímica da UFRGS, pedi pra ele encostar. Perguntou se eu não ia mais pro hotel. Respondi que não e, sem entrar em detalhes, agradeci, paguei a corrida, saí do automóvel. Eu devia ter caminhado até o ponto do Hospital de Clínicas e embarcado no primeiro táxi que estivesse livre, mas não. Voltei até a Ipiranga, caminhei até a frente do Plantão Judiciário, consultei as horas. Sete e cinquenta e dois da noite. Pela João Pessoa, contornei o Palácio da Polícia até a frente da Delegacia da Mulher, de onde era possível acompanhar o movimento de quem, pelo portão de entrada e saída das viaturas, deixasse o prédio, atravessasse a Professor Freitas e Castro rumo ao estacionamento dos funcionários que ficava no terreno entre a Freitas e Castro e a Leopoldo Bier. A movimentação da Delegacia da Mulher não era a do Plantão Judiciário, do lado oposto do prédio, mas tinha sua agitação, tinha um entra e sai moderado de pessoas, sobretudo de mulheres acompanhando outras mulheres, movimentação que não era de se desprezar. Peguei o celular e liguei pra Andiara. Ela atendeu no segundo toque. Oi, desculpe te ligar assim, sem enviar uma mensagem antes pra saber se podia falar, eu disse. Tudo bem, Eu estava pensando em ti, ela disse. Como tu tá, perguntei. Engraçado, Teu sotaque de gaúcho está mais acentuado, Você nem deve ter se dado conta, e riu, Como eu estou, Estou aqui, imersa nas minhas leituras, Me dando conta de que sou muito produtiva quando você não está em Brasília, disse. Isso deve ser bom, eu provoquei. Não, Com certeza não é, Trocaria fácil uma semana de alta produtividade nas leituras aqui no meu bunker brasiliense por uma noite com você aí em Porto Alegre, ela disse e riu. Acho a troca justa, eu disse. Mas conte, Como você está, ela falou. Tô aqui nesta Porto Alegre, neste liquidificador ligado que é Porto Alegre, eu disse. Pensando em mim, perguntou. Penso em você, eu disse. Então fala mais sobre você pensando em mim, Mas antes espera um segundo, Vou sair debaixo dessa papelada, Estou na cama, Imagina a cena, Debaixo do ar-condicionado, coberta pelo lençol, que está coberto por folhas grampeadas, soltas, encadernadas, livros, fichários, revistas, Vou aproveitar sua ligação e levantar, Vai ser a deixa pra eu alongar as costas, Estou há mais de três horas deitada aqui, Cama de apart-hotel, cama que não chega nem perto da minha caminha boa lá do norte, ela disse. Não era minha intenção te tirar da leitura, eu disse. Agora já me tirou, E te agradeço imensamente por isso, Quero te escutar, Você sabe que vai ter de conversar um pouquinho comigo, não sabe, ela disse. Conversamos. A certa altura, perguntei se pra ela era muito custoso lidar com o poder que o seu cargo de procuradora da República lhe dava. Ela disse que sendo eu quem era, tendo a projeção que eu tinha, talvez até soubesse melhor do que ela o que era lidar com o poder. Expliquei que estava me referindo ao poder de movimentar a máquina do Estado. Ela riu e disse que, de fato, eram tipos diferentes de poder. Perguntei se, às vezes, ela não se sentia tentada a usar suas prerrogativas funcionais pra cima de certas pessoas, mais do que usava pra cima de outras. Ela perguntou se eu estava falando de seletividade. Eu disse que estava falando de perseguição. Ela disse que o mais árduo, algumas vezes, era deixar a subjetividade, os preconceitos e até os pequenos ressentimentos de fora, disse que pra quem era do Ministério Público não costumava ser tão complicado quanto prum juiz, que era quem tinha o poder real de decidir o destino dos outros, mas que seria cínico da parte dela negar que membros do Ministério Público tinham um poder tremendo nas mãos, principalmente os procuradores de primeiro grau, que não era mais o caso dela, já que tinha sido promovida. Perguntei se ela já tinha visto muitos casos de denúncia de perseguição envolvendo policiais. Federais, ela perguntou. Estaduais, respondi. Ela me perguntou aonde eu estava querendo chegar. Eu disse que não podia dar detalhes. Ela me disse que, se eu não podia dar detalhes, ela não podia me ajudar da forma que gostaria. Eu disse que era um pouco cedo pra abrir o jogo sobre certas coisas, principalmente daquela forma pelo telefone. Ela riu e disse que não estava surpresa por eu não poder abrir o jogo, disse que eu nunca abria cem por cento o jogo quando o assunto era Porto Alegre e as minhas coisas de Porto Alegre, só estava surpresa por eu não poder falar o que queria falar pelo telefone. Ri e em seguida desconversei. Ela foi generosa, deixou que eu desconversasse. Seguimos falando até que avistei Douglas saindo do prédio da polícia em direção ao estacionamento. Conferi o horário no visor do celular. Nove e cinco da noite. Falei pra Andiara que teria de desligar e, sem esperar que ela dissesse o que fosse, prometi que ligaria mais tarde ou na manhã seguinte, mandei um beijo, desliguei. Caminhei na direção do Douglas, o Douglas que não era tão jovem como o da foto do perfil no Facebook. Falei o seu nome quando ele já estava pra entrar no estacionamento. Ele se virou e me encarou. Quer conversar, Federico, perguntou a seco. Estou aqui pra isso, respondi. Consultou as horas no seu relógio de pulso, Aqui não dá pra conversar, Vamos pro meu gabinete aí dentro do prédio, disse e voltou a atravessar a Freitas e Castro retornando ao prédio do Palácio da Polícia. Ele já estava no meio-fio da calçada do outro lado da rua quando terminei de absorver o que fiz e o que ele fez naquele par de segundos e percebi que precisava me mover. Caminhou até a passagem de carros por onde tinha saído. Apressei o passo pra alcancá-lo. Subimos até a sua sala, a sala do delegado-chefe do serviço de inteligência da polícia civil do estado do Rio Grande do Sul. Abriu a porta, acendeu a luz. Senta onde quiser, falou. Sentei numa das seis cadeiras que estavam ao redor da mesa de reuniões. Ligou o ar-condicionado, serviu dois copos com a água mineral tirada do frigobar próximo à janela da sala, janela que dava pra João Pessoa, colocou um deles na minha frente, ficou com o outro. Foi se sentar à sua mesa, o que me obrigou a virar na sua direção. Quero que tu pare de perseguir minha sobrinha, disparei. Bom saber que este vai ser o tom na nossa conversa, Melhor que seja sem enrolação mesmo, ele falou e tomou um gole d'água, Só que antes de tratar da tua sobrinha, Federico Meira Smith, quero saber uma coisa, Onde tá o teu amigo que matou o meu primo com um tiro no peito, perguntou. Fiquei em silêncio. Pode falar, não estou gravando, E não me diz que não sabe de quem eu estou falando, advertiu. Vai me interrogar, perguntei. Não, isso daqui é só uma conversa que eu estou tendo no meu gabinete com um homem cujo trabalho eu conheço, acompanho, monitoro, falou. Monitora, perguntei. Ele balançou a cabeça. Entendi, falei. Monitoro há anos, Uma vez cheguei a ir numa palestra tua na PUC, o lugar tava lotado, fiquei no fundo, As pessoas te aplaudiam, Tu entregava exatamente o que elas queriam ouvir sobre construir um mundo melhor, e elas te aplaudiam, Encantador de serpente, Habilidoso, muito habilidoso, falou. Fico lisonjeado, cara, lisonjeado de saber que tu acompanha meu trabalho, falei. Acompanho todos os passos que tu dá, O que não é difícil, já que tu é uma celebridade, Celebridade dos direitos humanos, da esperança, ele disse com sarcasmo. Monitora esperando que eu deixe um furo, faça uma merda, falei enquanto analisava de longe os certificados, diplomas e distinções de todos os tipos fixados nas paredes do gabinete dele, de conclusão em curso de tiro com armas de alto calibre, passando por colação de grau em curso de aprimoramento em tae kwon do, krav magá, judô, até participações em seminários internacionais sobre serviço de inteligência. Monitoro esperando, Só esperando, ele devolveu. Olha, Douglas, Vou te dizer com toda a sinceridade, Não sei onde o Anísio se meteu, Não sei pra onde ele fugiu, Não tive mais contato com ele, garanti. Tu pode não saber, mas teu irmão sabe, Tenho certeza que teu irmão e os outros caras que faziam parte da turma do teu irmão sabem, ele disse. Tu tá me pressionando, cara, É isso que tá rolando aqui, perguntei. Quero o amigo de vocês, falou. Voltei a ficar em silêncio. Daquela turma naquela noite, meu primo era o mais ingênuo, o mais sem malandragem, o que estava querendo se mostrar, se autoafirmar diante dos outros, Douglas disse. Imagino que prum brucutu partir pra cima dum cara pequeno junto com outros três brucutus e ainda por cima usando um soco-inglês devia mesmo ser um coitadinho que estava precisando muito se autoafirmar, falei. Ele me olhou com ódio. Acho que dificilmente eu teria me inclinado pra carreira policial se não fosse aquela noite, ele disse. Não pensa tu que não me culpo por não ter evitado aquela briga naquela noite, eu disse. A morte do meu primo poderia ter sido evitada se aquele assalto da tua turma contra a minha não tivesse acontecido, falou. Não foi assalto, E não fomos nós que começamos, Foi a tua amiga quem começou, Se tu quisesse evitar a confusão tinha dado um jeito de fazer ela pedir desculpas pra minha prima, Tu tá entendendo, Esse é o problema de gente branca da elite porto-alegrense, como tu, Vocês não cedem espaço, Vocês nunca estão errados, Cara, Vocês estavam completamente errados, na postura, na atitude, Estavam exercendo a todo gás o privilégio de brancos endinheirados de vocês, Fazendo questão de que os desqualificados da periferia continuassem invisíveis aguentando o que tivesse de aguentar de vocês, Tu sabe disso, E tu sabe que hoje, se alguém tivesse filmado com celular, se tivesse testemunhas a fim de falar, relatar, a tua amiga ia ser incriminada por injúria racial, eu disse. Ela fez só um comentário, Eram outros tempos, Ela não agrediu fisicamente ninguém, Ela não apontou arma pra ninguém, Ela não matou ninguém, ele disse. Tudo bem, Douglas, Apesar da tua amiga ter sido uma babaca, o errado fui eu, Me faltou racionalidade, Eu desencadeei o confronto físico, Não ela, Sei que não faz diferença te falar isto agora, mas quero te dizer que lamento a morte do teu primo, E me desculpo por não ter te escutado quando tu pediu pra eu ter calma naquela noite, eu disse. Sabe, Federico, faz muitos anos que deixei de esperar pelo teu pedido de desculpa, de precisar do teu pedido de desculpa, ele disse. Mesmo assim lamento e te peço desculpa, levantei e fui com a mão direita estendida até ele pra apertarmos as mãos.

Ele ficou como estava, mãos sobre o tampo da mesa. Mantive minha mão estendida, mas ele permaneceu imóvel. Estamos bem, Federico, Já coloquei uma pedra em cima da nossa briga na frente do clube, ele disse. Mas não no disparo da arma, e me sentei na cadeira em frente à sua mesa. Foi homicídio, enfatizou, Faz o que te pedi, Me entrega o teu amigo Anísio que, dentro do que a lei permite, eu tento aliviar pra tua sobrinha, ele disse fazendo, com aquelas palavras, nossa conversa retornar pra estaca zero. Sabe, cara, sou filho de policial, eu disse. Teu pai é uma lenda aqui na polícia, ele disse. Aprendi a lidar com frieza de policial, principalmente com os que são menos do impulso e mais do cérebro, mas tenho que te dizer que tô achando essa tua frieza coisa de psicopata, falei. Ele riu. Ri pra acompanhá-lo. Ser policial aqui no Rio Grande do Sul, no tempo do teu pai, era uma coisa, Federico, hoje é outra, Além do mais, meu cargo, minha posição no contexto geral, exige um tipo diferente de sobriedade, vejo como sobriedade isso que tu acha frieza, Lido com todo tipo de maluquice da sociedade, da sociedade que não faz a menor questão de valorizar a polícia, o policial, Sou eu quem dirige a orquestra, Estou acostumado com neurose, excentricidade, com gente de inclinação suicida, com gente má de verdade, lido com bandido o tempo todo, com os bandidos de verdade, das ruas, e com os bandidos que eu fabrico, os meus subordinados que trabalham disfarçados, infiltrados nas organizações criminosas que investigamos, vários deles, com certeza a maioria deles, policiais neuróticos, com tendência à autodestruição, policiais com parafuso solto, com pensamento ruim na cabeça, Por isso não me rotula, porque desde sempre eu fiz de tudo pra não te rotular, ele falou. Cara, esquece minha sobrinha, eu disse. Ele tomou mais um gole da água, olhou pra mim como se aguardasse que eu levantasse e fosse tomar um gole da minha. Tu não sabe quem é tua sobrinha, Federico, Tu e o teu irmão não fazem a menor ideia no que ela tá metida, com quem tá envolvida, Eu poderia levar a investigação totalmente na surdina e não ter deixado vazar pelos corredores aqui do Palácio da Polícia a informação de que estou atrás dela, Mas eu queria que tu e o teu irmão acabassem sabendo, pra que justamente um de vocês viesse até mim, Minha aposta sempre foi em ti, Não porque eu queria que fosse tu que viesse aqui pra implorar, e sorriu com sutileza, mas porque eu sabia que era tu o que estaria emocionalmente menos comprometido, menos atingido pela prisão da menina, o que ia somar dois mais dois e descobrir que dava quatro, Ainda não tenho as provas que imagino conseguir, mas tenho indícios robustos, ele disse. Não inventa, cara, Ela é só uma estudante bem informada, posicionada, querendo lutar por uma sociedade menos fodida, eu disse. Não estou questionando a boa intenção dela, mas as decisões que ela vem tomando e as companhias que vem escolhendo, vou te dizer, não são coisa boa, Essa geração dela não tem aquele ritmo século XIX da nossa, aquele enfadonho você aí parado também é explorado, aqueles cartazinhos, aquelas passeatinhas, eles são mais destemidos nas estratégias, são muito mais agressivos, amorais, rápidos demais pra perder tempo militando em partido político, a guerra deles é on-line, não tem descanso, não tem recreio, É uma guerra de versões, de inversões, de subversões, de mentiras, guerra que tá sendo travada neste momento na internet, uma guerra de agir, de arrancar escalpo da cabeça do inimigo e exibir pra todo mundo ver, não importam as consequências, agir pra ter troféus e exibir esses troféus em estatísticas, em feiras virtuais, em rankings de likes que a maioria das pessoas da nossa geração praticamente desconhece, Sua sobrinha é inteligente, e eu sei que tu sabe que ela é, mas a verdade é que ela é muito mais inteligente do que tu imagina, E, já que tu veio com essa de frieza, te digo, ela é muito mais fria e calculista do que tu imagina, falou. Tu é doente, cara, eu disse. Não é nada disso, Federico, Ninguém aqui é doente, O que vai acontecer com a tua sobrinha é que vamos prendê-la e vamos salvá-la dela mesma, Pode ter certeza que assim que eu terminar de recolher as provas para indiciá-la, vou indiciá-la, ela e os amiguinhos dela, E não vai ter pra onde eles escaparem, A propósito, Tu sabia que ela tem dois computadores, o de fachada, cujo IP é mais conhecido da minha equipe do que jogador titular da seleção, e o outro, o que ela usa pra navegar anônima pela internet, o que nós sabemos que ela tem, mas cujo IP ainda não sabemos qual é, falou. Por que tu tá me contando isso, perguntei. Pois é, Por que será, provocou, É pra que tu pense bastante sobre o quanto eu quero que tu me entregue o Anísio, E relaxa, Se te passei essas informações é porque tua sobrinha, mesmo que tu pegue o teu celular, agora, e conte pra ela tudo o que acabo de te dizer, não vai ter como apagar os rastros que deixou, pelo contrário, se tentar apagar vai ser pior, vai ficar ainda mais vulnerável e enredada, ele disse e se levantou, Fora dessa opção de entregar Anísio que eu estou te dando, não tem muito o que tu possa fazer, E ainda tem a arma, que é outra história, A arma da Brigada Militar, a arma que ela só levou pro protesto porque ficou de emprestar pra um sujeito que acabou não aparecendo no protesto, falou. Eu vou te quebrar, cara, e levantei. Pro teu bem nem pensa uma coisa dessas, Te acalma, Aceita o fato de que eu te peguei, ele disse, Te peguei agora e vou te pegar toda vez que tu ou o teu irmão ou a tua sobrinha fizerem besteira, ameaçou. Olha, cara, se tu quer ser meu inimigo, não vou ser eu quem vai te frustrar, Vou me mudar pra Porto Alegre, E a gente vai se esbarrar bastante por aqui, Já saquei que tu é do tipo monta a tese e depois faz de tudo pra arranjar prova que comprove a tese que montou, eu disse. Então vai voltar pra Porto Alegre depois de todos esses anos, falou impassível. É, Vou me mudar pra cá e vou transformar tua vida num inferno, Não pensa que tu vai me intimidar com essas tuas ameaças, Tu não manda nesta cidade, Tu não manda na polícia, Tu mal consegue mandar no teu equilíbrio mental, eu disse. Ele caminhou até a porta do seu gabinete, abriu. Tu pode ir, Federico, Vou ficar mais uns minutos aqui, Terminar minha água mineral, Pensar no que vou fazer com a água mineral que eu te servi e tu desprezou, ele disse. E, sem deixar de encará-lo, me retirei da sala, obliterado pela certeza de que o tempo passou, nós dois envelhecemos, e quase não aprendemos nada.

Saio da minha casa pelo portão dos carros, coloco os pés na calçada, na mão direita a blusa que decidi levar comigo porque a meteorologia deu previsão de queda brusca na temperatura mais pro fim da manhã, na direita a pasta de aba com fecho elástico com os documentos e fotos que vou precisar ao longo do dia, subo a Coronel Vilagran Cabrita. Na Bento Gonçalves pego à esquerda no sentido centro-bairro, entro na Ki-pão, peço um sonho de creme, pago, saio. Passo na frente do Partenon Tênis Clube, não tem como ignorar a grama alta pedindo corte, é o clube social oficial do bairro e mesmo assim os caras não cuidam direito do lugar. Na altura da Caixa Econômica Estadual, atravesso a avenida pela passagem de pedestres do corredor de ônibus, entro na Tobias Barreto, subo até a frente do primeiro prédio à direita, aperto o botão do duzentos e dois no interfone, espero. Ninguém atende. Aperto mais uma vez. Com voz de sono, Bárbara atende. Trouxe um negócio pra ti, eu falo. Um negócio tipo o quê, pergunta. Tipo sonho de creme da Ki-pão, digo. Escuta, Não é muito cedo pra tu aparecer de surpresa, Homem do Sonho, diz manhosa, Não sei, Será que eu quero, Tô saindo do banho neste minuto, Tenho que terminar um trabalho pra apresentar na cadeira de psicologia experimental hoje à tarde na faculdade, E tá bem complicado, Não tô feliz com o que tô escrevendo, responde. Fico em silêncio. Um sonho, pergunta. Quentinho, eu digo. Tá, Sobe, e libera o portão e a porta interna do térreo. Entro, vou pela escada. A porta do apartamento já está aberta, a temperatura morna gerada pelo ar-condicionado ligado avança pelo corredor, e ela em pé usando um vestido curto de malha bem fina, um vestido vermelho puxado pro rosa contrastando com a tez indígena da sua pele, um que eu não conheço, que parece uma camisola. Entrego o pacote, beijo ela no rosto, vou na direção do sofá, arremesso sobre o assento a minha blusa e depois a pasta e ao lado da blusa e da pasta me sento. Ela abre o pacote, cheira. E a tua mãe, pergunto. Foi ajudar a tia Alejandra, Ela vai se mudar de novo, Parece que desta vez brigou com o síndico e com o vice-síndico do prédio onde foi morar há menos de um ano, Não sei como a minha mãe tem paciência, diz. Então, Como vão as coisas, colocando a pergunta grau nove na frente das outras de no máximo grau cinco, que na minha cabeça deviam ser feitas antes pra quebrar um pouco o gelo, na verdade a geleira entre nós, por ela não ter falado comigo nas quatro vezes em que liguei nos dias anteriores, quando acabei falando foi com a sua mãe, pessoa com extrema dificuldade de mentir e que em cada uma das quatro vezes em que perguntei se a filha dela estava em casa, acabou me dando todas as pistas de que ela, Bárbara, estava em casa só não queria falar comigo. Senta no chão um pouco à frente do rack do aparelho de som National Três em Um, tira o sonho do pacote, dá uma mordida. Deus, Eu tava precisando disso e não sabia, Ninguém neste mundo adivinha mais do que eu preciso pela manhã do que tu, ela diz. Balanço a cabeça assentindo. Gostei da fitinha que tu gravou pra mim, deixando claro não ter sido a K-7 que deixei dias atrás na caixa de correio do apartamento dela o motivo de estar me evitando. Tu disse que não queria mais, provoco. Tuas fitas sempre foram o teu golpe mais baixo, Tu sabe que foi por isso que eu pedi pra tu parar, Eu quase choro escutando essas músicas lindas que tu tira não sei de onde, O que são aquelas duas primeiras do lado B, e se desarma. Musette and Drums e Sugar Hiccup, Essa banda inglesa é muito boa, digo. Só não sei se gostei de tu não ter deixado as músicas acabarem, Vou te falar que, Bah, Não entendi mesmo por que que tu não deixou as músicas acabarem, Nenhuminha, cobrou. Elas acabam, Só não acabam do jeito que quem fez o disco disse que elas tinham que acabar, respondo. Pra mim elas não acabam, e me oferece o sonho. Penso em dizer pra ela escutar de novo e prestar atenção nos versos antes dos cortes, e como eles, se ela tiver a paciência de juntar as pecinhas, formam uma completa e bem desesperada declaração de amor, mas não digo. Já escovei os dentes, respondo. Tá, Mas o que que tu quis dizer cortando praticamente todas elas na metade, Poxa, Cortou umas duas logo no começo, insiste. Tu sabe que se eu tentar explicar o motivo vou ficar aqui falando e falando e não dando uma explicação que convença, minto. Ela continua me encarando, é a sua vez de usar a arma do silêncio. Sei lá, Bárbara, claudico, Pareceu a coisa certa a fazer desta vez, Fiz pra variar, minto de novo. Variar, Tu não é de variar, acusa com o olhar de estudante de Psicologia que está completamente apaixonada pelo curso de graduação. Gravar música pra ti, não importa o jeito, é o que eu gosto de fazer, confesso evitando o confronto. Ela sorri. Então vem, Come o sonho comigo, fazendo sinal pra eu sentar perto dela no chão. Tô bem aqui, eu respondo. Tu sabe que eu não dou conta de um sonho desses sozinha, Vem, Uma mordida e não te encho mais o saco, intima. Levanto, sento do lado dela, pego o sonho da sua mão, coloco na bandeja do rack, tento beijar a sua boca. Ela vira o rosto. Me afasto, deito as costas no tapete, levo a mão até a barra do seu vestido, puxo na minha direção, levanto um pouco mais descobrindo a sua coxa, ela está sem calcinha, viro de lado, me aproximo, beijo sua perna, deslizo a barra pela sua pele até a cintura, ela ajuda erguendo os quadris, avanço até os seus pelos, ela abre as pernas, continuo até que abra mais e minha língua alcance sua boceta. Ela gira pra que minha boca encaixe melhor e eu consiga chupá-la. Levo a mão até os seus peitos. Espera, diz, e afasta a minha mão. Lambo o clitóris, chupo, levo a mão até o fecho da minha calça pra liberar meu pau, volto a segurá-la na cintura, chupo-a até seu corpo se contrair e dela vazar o líquido morno pra dentro da minha boca. Então ela se afasta e levanta, estende a mão pra que eu segure e levante também, diz que está na hora d'eu ir, porque aquilo tudo deixou ela mal e ainda mais confusa. Levanto, ajeito a calça, pego o sonho, dou uma mordida, devolvo pro rack. O mais difícil é não dizer nada que importe, já que ela não diz nada que importe. Éramos tão falantes e engraçados, espontâneos e companheiros, agora somos estes dois competidores no jogo que ela inventou quando terminou comigo dizendo que estava apaixonada por um artista plástico quatro anos mais velho do que eu, um pintor meio prodígio do Instituto de Artes da UFRGS, que estava entre os outros artistas plásticos que desenharam ela num evento que fazia parte da programação dum festival de arte no Ateliê Livre da Prefeitura, jogo que se concretizou de verdade quando dois meses depois de me dispensar ela ligou dizendo que não estava conseguindo lidar com a falta que sentia de mim e com a confusão de estar gostando de dois caras ao mesmo tempo. Eu devia ter dito que o melhor era virar a página, cada um seguir seu rumo, mas não consegui, porque ainda gostava dela e porque fui atingido pela sua rejeição direto no meu orgulho e precisava me recuperar, precisava consertá-lo, curá-lo, o meu orgulho, o orgulho do que eu sou, orgulho da minha capacidade de aprender, de discernir as coisas, do que o meu tamanho e a minha força física natural me permitem fazer, orgulho da minha inclinação pra me colocar como liderança e pra exercer alguma liderança, testados nos três anos de ensino médio no colégio jesuíta pra onde meus pais me mandaram porque no final da oitava série supliquei pra ter uma rotina de colégio que fosse bem longe do Partenon, esse colégio que é considerado um dos melhores de Porto Alegre, onde acabei conhecendo ela, Bárbara, que era duma família que migrou da Colômbia pro Brasil em mil novecentos e setenta e seis, que estudava na outra turma e, coincidentemente, também morava no Partenon, do orgulho que resume quem eu sou e, contrariando o impacto de ter visto evaporar duma hora pra outra toda a ternura que tinha me feito gostar de verdade dela, me obriga a jogar este seu jogo, fazendo com que eu engula de bom grado sua conversa de estar apenas querendo ser honesta com seus sentimentos. Digo que ela pode me ligar quando quiser. Ela diz que vai sentir saudade, mas que vai demorar um pouco pra me ligar de novo. Me controlando, digo que saudade não vale pra nada. Ela responde que saudade, às vezes, é a única medida confiável pra se conseguir enxergar o que é importante. Ela está tão diferente da Bárbara do começo do ano, tão mais teatral e tão mais segura das suas novas pequenas crueldades, que nem sei o que responder. Minha blindagem emocional vai se desfazendo numa rapidez sem paralelo. Fico estático acompanhando ela se mover na direção da porta, abrir a porta, se voltar pra mim, dizer obrigada pelo sonho, Homem do Sonho, e sorrir. Vou até o sofá, pego a blusa e a pasta de aba com fecho elástico, caminho até a porta, que ela faz questão de manter bem aberta, penso em passar sem tocá-la, mas ela me puxa e me beija na boca. Retribuo o beijo. Essa tua boca, ela diz e suspira, Tu faz isso tão melhor do que o Adriano, É tão mais delicado, decreta com a segurança de quem tem certeza da impossibilidade de qualquer reação mais expressiva da minha parte. Forço um sorriso e saio, desço pelas escadas dizendo pra mim mesmo que daquele encontro eu não podia querer nada além do que ela me deu. No térreo encontro o zelador mangueirando os canteiros e vasos do prédio. Ele me cumprimenta amistoso, sem, no entanto, me poupar de sua cara de italiano bonachão projetando pena, quase consternação, sobre mim. Sendo zelador do tipo que interage com todos os condôminos, com certeza sabe que tem um cara mais velho que visita a guria do duzentos e dois com muito mais frequência do que eu.

De volta à avenida Bento Gonçalves, atravesso o corredor de ônibus, pego meu caminho. Na esquina da Barão do Amazonas, passo pelo salão de bilhar, que abre às quatro da tarde e só fecha no outro dia às dez da manhã, onde neste momento, não tenho dúvida, algum conhecido do bairro está apostando partidas a dinheiro, a buchinhas de cocaína, a doses duplas de whisky Drury's. Passo pela esquina com a Paulino Azurenha, paro por uns segundos, olho pro alto do morro da Maria Degolada. Não tem como passar por esta rua e ignorá-la. Passo pela entrada principal do Hospital Psiquiátrico São Pedro. Passo pela igreja São Jorge, atravesso a Salvador França, vou até o portão de entrada do Terceiro Regimento de Cavalaria de Guarda, o Regimento Osório. Dois soldados estão parados na frente do portão. Antes d'eu dizer qualquer coisa, um deles me pergunta se estou ali pra seleção. Confirmo. Ele pede pra ver minha identidade. Mostro. Diz pra eu entrar, explica como faço pra chegar até o ginásio onde tenho de me apresentar. Agradeço a informação, mas o meu obrigado se perde, ele e seu colega já estão focados na abordagem dos outros caras chegando atrás de mim.

No portão do ginásio, um trio de soldados faz a prévia conferência da documentação, um deles pede minha identidade e o certificado de alistamento militar. Tiro minha carteira do bolso, abro, pego o RG, entrego, abro a pasta, entrego o certificado. Este é organizado, trouxe o CAM na pastinha, É isso aí, Tu é o tipo de recruta que o exército tá precisando, diz o que está mais distante. O que está com meus documentos me encara, encaro de volta. Quer servir, paisano, pergunta sério. Quero, minto. Quer Marinha, Aeronáutica ou Exército, pergunta. Exército, minto de novo. Pode entrar, Boa sorte, e me entrega a certidão e o meu documento de identidade. Agradeço, sem recolocar o certificado na pasta, entro no ginásio, onde estão uns duzentos caras pra seleção, tomo lugar na fila serpenteada, a fila que começa em frente a oito mesas onde estão oito soldados atendendo individualmente cada um dos conscritos. Leva quase meia hora até chegar a minha vez, mas chega. Bom dia, conscrito, diz o soldado à mesa e me estende a mão pra que eu entregue meus documentos. Retribuo o bom-dia, entrego os documentos, ele anota meus dados numa ficha, repete a pergunta sobre em qual das três forças armadas eu quero servir, digo que é no Exército, pergunta se eu já sofri algum acidente grave, se já fraturei algum osso, se já fui operado, se já tive doença venérea, se já tive algumas das outras doenças que ele vai listando, respondo as perguntas, quando terminamos, ele me entrega a ficha preenchida e meus documentos, aponta na direção da extremidade do ginásio, onde outros soldados estão organizando grupos de trinta candidatos pra irem até o prédio do departamento médico, onde será feita a primeira parte da avaliação.

O departamento médico é um galpão. Assim que o último do grupo entra e o soldado encarregado fecha a porta, escuto os berros de tirem os calçados, tirem a roupa, empilhem tudo naquele canto, fiquem só de cueca, vindos da boca dum sargento que está ao lado de dois médicos de cabelos bem grisalhos, ele segura um relho curto de adestrar cavalos. Tomo a dianteira, o canto que ele indicou está do meu lado do grupo. Tiro meu tênis, minha calça, minha camiseta, coloco a blusa e a pasta em cima da pilha. E façam fila para serem examinados pelos doutores aqui, diz o sargento aos berros, deixando claro que dar ordens aos berros é o seu padrão, Mas, antes da avaliação de vocês pelos doutores, quero saber uma coisa, Quero saber porque tenho certeza de que no meio de trinta frangos como vocês deve ter uma bichinha, Um queima-rosca, Um boneca, Quero saber quem é o mariquinha, Vou contar até dez, Vou dar uma chance para o desmunhecado não servir, Basta se acusar agora, Estou falando sério, Se a guriazinha vier até aqui e disser, com todas as letras, não quero servir porque sou fresco, sargento, É promessa, Libero na hora, diz. Ninguém se manifesta. Ele passa encarando cada um de nós na fileira que já está formada. Tudo bem, Vamos fingir que só tem macho aqui, volta a berrar, Mas se eu pegar algum de vocês se afrescalhando, de olho na cueca de outro conscrito, vai se arrepender feio, e se distancia da fila parando um pouco adiante, se voltando pro grupo. Vocês dois aí na frente, podem passar para o exame, ordena, e fica onde está, acompanhando tudo com os braços cruzados.

Por ter sido um dos primeiros a tirar a roupa e me posicionar na fila, sou o sétimo a ser atendido, o médico olha a minha ficha, fala o meu nome, confirmo que sou eu, ele olha pra minha virilha, mantém o seu olhar cansado fixo na minha virilha, levo as duas mãos à frente da cueca, ele manda que eu a abaixe e depois levante a bolsa escrotal, obedeço, diz pra eu subir a cueca, tira minha pressão enquanto ausculta meu coração, depois manda eu respirar profundamente por três vezes enquanto ausculta meus pulmões, examina minha garganta, meus olhos, meus ouvidos, faz anotações na minha ficha, diz, com fala cansada que combina com seu olhar cansado, que depois que o sargento nos liberar ainda vamos ter de passar no prédio ao lado pra uma bateria de testes de aptidão física e que eu já posso ir. Saio do reservado dos médicos, na verdade um espaço aberto demarcado por biombos de estrutura de metal e tecido. O sargento segue no mesmo lugar, imóvel, os braços ainda cruzados. Caminho pra me juntar aos outros que também vão aguardar até o último de nós ser examinado. À medida que os minutos passam, alguns se arriscam, conversam entre si, uns mais ousados chegam a rir, mas parece que o sargento não se incomoda, seu olhar permanece na direção da fila dos que ainda não passaram pelos médicos.

O último de nós é liberado, o sargento descruza os braços, vem na nossa direção. Nenhum dos dois médicos sai do seu reservado. Quero todos vocês olhando para mim agora, Quero que façam um círculo ao meu redor, diz o sargento. Depois que o círculo se forma, ele volta a metralhar. Quero que os pretos deem um passo à frente, diz. Ninguém se mexe. Agora, ele grita. Onze caras fazem o que ele mandou. Fico parado no meu lugar. Ele sai de onde está, anda pelo círculo encarando cada um de nós. Tem mais preto aqui, dispara, Se quem está faltando dar o passo à frente não der agora, todos os trinta vão ficar comigo até as seis da noite aqui no quartel, ameaça. Outros três caras dão passo à frente. Eu continuo parado no meu lugar. Ele se aproxima do menor dos três. Tu não tem espelho em casa, conscrito, pergunta, Está com catarata nos olhos, conscrito, Tu é mais claro do que eu, seu bosta, Volta pro teu lugar, repreende. O cara dá o passo atrás enquanto deixa escapar um sorriso nervoso. O sargento fura o círculo quase atropelando os dois que estão no seu caminho, para a uns três metros do lado externo da circunferência. Quero os treze contra aquela parede, E quero agora, ordena. Os treze obedecem. Quero um do lado do outro, ordena. Obedecem. Quero que tirem as cuecas, ordena. Obedecem. Quero que fiquem com os pés em cima das cuecas, ordena. Obedecem. Segurando o relho em riste, caminha na direção do quinto da direita pra esquerda. Mas que vergonha, rapaz, Isso é tamanho de pinto que se apresente, e se aproxima encarando o rapaz, Quer desmoralizar tua raça, conscrito, pergunta com o rosto quase encostando no rosto do rapaz. Não tem resposta, não tem reação. Acho que descobri a bicha, e se volta pro nosso grupo, Tu é bicha, conscrito, pergunta. Não senhor, sargento, é a resposta. Tudo bem, conscrito, Tu já deve ser bem traumatizado com um pau minúsculo desses, Já vi grelo maior do que esse teu pauzinho, Pega tua cueca e vai te juntar com os outros ali, diz. O rapaz se abaixa, pega a cueca, levanta, vem na nossa direção com lágrimas escorrendo pelo rosto. Vamos em frente, volta a gritar o sargento, Quero os doze com o rosto contra a parede, Nariz encostado na parede, ordena. Obedecem. Olho na direção do reservado dos médicos, nenhum dos dois está visível. Agora eu vou perguntar pra vocês, o sargento retoma, Por que o mundo é redondo, berra no volume máximo quando fala a palavra redondo. Nenhum deles responde. Vou perguntar de novo, Se um dos doze não me responder, os trinta vão ficar até as seis da noite pagando abdominal e limpando latrina, e olha na nossa direção, E se um de vocês der um pio, além dos abdominais e das latrinas, vai recolher merda de cavalo com a mão na pista de hipismo, e olha pro relho. Minha cabeça começa a formigar, não me lembro da minha cabeça ter formigado antes na vida. Como é que é, retoma, Não vão falar, Quero saber por que o mundo é redondo, Ninguém sai daqui enquanto um dos doze não me der a resposta, sentencia. Qual é a desse sargento louco, bicho, sussurra um dos que estão próximos a mim. O cara é um bugre encardido, Só porque tem cabelo liso de bugre tá tirando neguinho pra saco de pancada, diz outro num sussurro ainda mais baixo. Cala a boca, reage um terceiro, Esse negócio já tá enrolado demais, não piora as coisas, Não quero ficar aqui até as seis da noite por vacilo de vocês, adverte. Já passaram dois minutos, diz o sargento. Índio filho da puta, sussurra pra mim o que está do meu lado. Não consigo falar, não consigo nem sequer olhar mais pro sargento. O formigamento na cabeça diminuiu depois que deixei de olhar pra ele e passei a olhar pro chão. Vou dar mais um minuto, E porque estou generoso vou assoprar o começo da resposta, Mas estou achando que vai ter castigo, Castigo para os trinta, fala enérgico. Nenhum dos médicos dá as caras. Parece que finalmente os caras do grupo em que estou entenderam o tamanho da psicopatia do sargento, calaram a boca de vez, nem sequer a respiração deles eu escuto. O mundo é redondo pros negos não, diz enquanto caminha de um lado pro outro. Volto a observá-lo. Estou esperando, O mundo é redondo pros negos não cagarem, e passa por um deles, o segundo conscrito da esquerda pra direita, desfere uma batida de leve com o cabo do relho no ombro dele, repete o mesmo com o conscrito seguinte, Tempo encerrado, Vamos lá, O mundo é redondo pros negos não, e bate forte o relho contra a própria perna. Cagarem nos cantos, sussurra o que está do meu lado. O mundo é redondo pros negos não, e bate no ombro do quarto da esquerda pra direita, o mais gordo e alto dos doze. E, no mesmo segundo, o gordo alto se vira e aplica um soco certeiro na cara do sargento, que despenca.

Passo pelo portão do quartel, atravesso a Salvador França, paro em frente à igreja São Jorge, a porta está aberta, olho pra dentro. Há quatro anos não coloco os pés numa igreja. Subo as escadas, entro, me ajeito no primeiro banco. Coloco a pasta de aba com fecho elástico na madeira de apoio dos cotovelos do banco da frente, sento. Fico observando o altar, a perturbadora luz que entra pelos vitrais antes do altar. O formigamento na minha cabeça recomeça e logo se espalha pelos braços. Levanto induzido pela sensação de pânico. Respiro rápido no ritmo de quem se prepara pra entrar em apneia antes dum mergulho de profundidade, mas sem entrar na apneia. Não foram os dois conscritos humilhados antes dos doze de pele retinta serem colocados contra a parede, não foram os dois que estavam próximos do que desferiu o soco terem segurado ele pelos braços, não pra contê-lo, mas pra ampará-lo, não foi o sargento estendido no chão com o nariz sangrando, nem o médico, o que me examinou, sair porta afora e voltar com um oficial tenente e mais quatro soldados, não foi o sargento com o nariz arrebentado não ter aceitado qualquer tipo de ajuda dos médicos e, sozinho, ter levantado com dificuldade pra sair em silêncio do galpão, nem o tenente ter pedido nossa atenção pra dizer que as Forças Armadas têm a missão de tornar os jovens que servem a pátria mais fortes e mais resistentes do que já são, que, por isso, os que têm a sorte de ser selecionados podem sofrer alguma pressão psicológica vez ou outra, que tudo é parte do aprendizado, nem, antes de ordenar que vestíssemos nossas roupas, avisando que ia acompanhar o grupo até a área de atletismo onde aconteceriam os últimos testes físicos, ele, o tenente, ter pedido dum jeito sereno que o ocorrido ficasse entre o nosso grupo e ter perguntado se todos nós concordávamos, e o grupo responder de maneira uníssona que sim, e d'eu não conseguir dizer sim, não foi nada daquilo, o que me estragou de verdade foi a crise de choro que o gordo alto que deu o soco teve logo em seguida que o sargento bateu com a cabeça no piso, o choro que revelou não a sua valentia, mas o seu desespero, o desespero de quem, tendo a mesma idade que eu, sabia que tinha estragado sua vida, estragado a própria vida por não se deixar humilhar, o choro que me jogou num buraco mental profundo. Pego a pasta, saio da igreja, desço as escadas. Decido não ir pro centro fazer as coisas que tinha me programado pra fazer. Atravesso a Bento Gonçalves, entro na lanchonete da esquina com a Aparício Borges, no balcão peço uma garrafa de Choco Leite. Respiro. Olho pros três velhos sentados a uma das mesas, pras duas senhoras ao meu lado no balcão, pro casal de adolescentes que acabou de entrar, pras duas atendentes, pra moça do caixa, pessoas do meu bairro, pessoas que em algum momento da minha adolescência eu parei de enxergar. Preciso me acalmar, penso. Respiro. Dou uns goles no Choco Leite. Respiro. Olho pela vidraça a igreja e mais adiante o quartel. Te acalma, Federico, eu penso. Respiro, me acalmo um pouco, desacelero, e mesmo assim eu sinto raiva.

No sábado, acordei às sete e quinze, de ressaca, uma ressaca que não era do Steinhaeger com cerveja que tomei no restaurante Van Gogh pra desanuviar um pouco a cabeça depois que saí do Palácio da Polícia, não era do fato d'eu ter ligado pra Bárbara, quando cheguei no hotel, pra perguntar como tinha sido a conversa com a Roberta, e ela ter me dito que a conversa com a Roberta tinha sido estranha, que a menina exalava mesmo uma autoconfiança desproporcional, inapropriada diante de tudo que tinha acontecido, que o melhor talvez fosse eu e Lourenço falarmos com ela sobre a tal arma, falar o quanto antes, porque ela, a nossa Roberta, já não podia mais ser tratada como criança, não era ressaca causada pela exaustão física decorrente do meu sedentarismo dos últimos anos, era ressaca de quem ainda estava tentando se adaptar à decisão irreversível de largar Brasília e mudar pra Porto Alegre, decisão abrupta manifestada em reação quase mecânica às palavras do delegado na noite anterior. Por isso, enquanto a água do chuveiro despencava, quente e generosa, sobre minha cabeça, repeti em voz alta, dum modo patético, as exatas palavras que falei pro Douglas sobre me mudar pra Porto Alegre e a gente se esbarrar. Saí do banho, me sequei, vesti uma roupa. Desci atrás dum lugar pra tomar café. Subi a Garibaldi, peguei a Cristóvão Colombo, caminhei até a Doutor Barros Cassal, fui até a esquina com a Independência, entrei na Padaria Porto Alegre. Sentei no balcão, pedi uma taça de café com leite e um pão cervejinha na chapa, peguei o celular, vi que durante a caminhada tinha entrado mensagem da Andiara, uma frase de bom-dia acompanhada de emojis. Esperei o meu pedido chegar, coloquei dois sachês de açúcar integral no café com leite, peguei a pazinha de plástico, mexi, peguei o celular.

Desculpe não ter podido falar direito contigo ontem, enviei.
Espero q esteja td bem, ela enviou e enviou emojis.
Tá tudo bem.
Já tem ideia de qdo volta? Estou com saudade, enviou e enviou emoji.
Pois é.
Pois é???
Vou ficar em Porto Alegre mais três semanas.
Três semanas? E a comissão? E os seus compromissos aqui em Brasília?
Vou sair da comissão. Os outros assuntos posso resolver daqui. Não vejo outra saída.
Sério? Estou desolada.
Na verdade, não tenho mais certeza sobre Brasília.
Q tipo de certeza?
Sobre continuar aih.
Não me diz q vai deixar Brasília.
Sim.
Céus. Q estranho isso. O q houve?
História longa. Acho q só pessoalmente eu consigo te contar o q ta acontecendo, enviei.
Mas você está bem, não está?
Sim, to, não te preocupa.
Sinto sua falta.
Sinto a tua também.
Vou dar um jeito de ir a Porto Alegre se você não se importar.
Venha.
Na próxima semana agora vai ser difícil, mas vou me organizar para ir na outra.
Sim, venha.
Quatro dias em Porto Alegre, três noites, quatro dias. Pode ser?
Quantos dias você quiser.
Não estou forçando, estou?
Não se preocupe, não ta forçando.

Então vou comprar as passagens.
Fico feliz.
Enviou emoji. Falamos depois, ela enviou.
Beijo, enviei.
Beijo, enviou, e enviou emojis.

Bárbara estava onde disse que estaria quando, na noite anterior, combinamos de nos encontrar no Parque da Redenção, na frente da capela do Divino Espírito Santo do Hospital Municipal de Pronto Socorro. Na mão esquerda, um pote de vidro de mel, na direita, as alças da sacola de pano carregada com frutas e legumes comprados na Feira Ecológica do Parque da Redenção, um estreito corredor de quase quinhentos metros formado por banquinhas de pequenos produtores rurais da Grande Porto Alegre, banquinhas cobertas com lonas de cores variadas, que deixavam um espaço de circulação não muito maior do que dois metros e meio de largura, por onde pessoas desfilavam sua descontração sabática atrás de produtos orgânicos de todos os tipos e procedências, um corredor que iniciava a poucos metros de onde ela estava. Oi, Tô atrasado, perguntei. Não, Claro que não, Eu é que cheguei mais cedo pra fazer as compras da semana, falou. Vamos pra algum lugar, perguntei sem esconder a alegria de estar com ela. Que tal chá de hortelã na Maomé, sugeriu. Sim, pode ser, eu disse. Ó, é pra ti, e me estendeu o pote, É mel de cipó-uva, Comprei dum amigo que produz já tem uns quinze anos, É um ótimo desintoxicante natural, Aconselho comer de colher, e me entregou. Obrigado, Vou aproveitar que tem bastante e dividir com o Lourenço e com a Roberta, falei. Ela me olhou como se eu não tivesse entendido a intenção do presente. Fomos até a Confeitaria Maomé. Sentamos à mesa perto da porta, de onde dava pra acompanhar o movimento da calçada, pedimos chá de folhas de hortelã. Então, Federico, por onde tu quer começar, perguntou. Podemos começar pela Roberta, eu disse, Devo me preocupar com ela, perguntei. Acho que ela tá dividida, provavelmente perdida, e, claro, como toda pessoa que tem mais do que dois neurônios neste país desgovernado, tá indignada, Mas tem algo por trás da indignação dela, Tem uma indiferença que parece ser um modo de abafar um sentimento de raiva, de um modo arriscado e, eu suspeito, perigoso, Não sei, aquela cabecinha tem uma leve inclinação pro martírio-suicida, e tem um pouco de obsessão também, É complexo, é difícil avaliar, Nosso encontro ontem não foi sessão, No sentido tradicional, Foi só uma conversa, uma conversa que, fiz questão de esclarecer pra ela, não seria sigilosa, Uma conversa que poderia levar a um encaminhamento dela pra outro profissional, Foi pouco tempo pra eu entender, Foi suficiente apenas pra suspeitar, São muitas coisas passando pela cabeça dela, pela cabeça da persona que ela montou, É um jogo duro, Parece que ela e também uma boa parte dessa geração de mulheres jovens da qual ela faz parte conseguiram chegar a um grau de compreensão das desigualdades que a gente, da nossa geração, Quero dizer, Que eu, Mesmo eu sendo ligada como sou, Não consigo alcançar sem antes passar por dezenas de formulações, ela disse. Devo me preocupar, repeti a pergunta. Acho que vale a pena investir numa terapia, penso que este é um momento crucial para ela, Ela ainda tá impactada pelo sofrimento da amiga que perdeu o olho, Mas o que aconteceu com a amiga não foi o começo desse estado dela, A irresignação, A raiva dela, São anteriores, Bárbara disse. Raiva, Será, perguntei. Raiva, Irresignação, Pavor, Parece que ela tem pavor da ideia de não conseguir ser a protagonista da própria história, o que me faz lembrar de ti, Não sei se a ponto de não aceitar a realidade, de negligenciar os riscos da realidade, A diferença entre vocês é que ela ainda não foi derrubada, Mesmo com tudo que aconteceu com ela na quarta-feira, ela ainda não foi derrubada, Talvez seja mais forte do que tu, provocou. Com certeza ela é mais forte do que eu, eu disse. Mas é só questão de tempo, A vida vai derrubá-la daqui a pouco, não tenho dúvida, E vai derrubar feio, Sendo ela como é, Pode apostar, é questão de tempo, Por isso acho importante prepará-la, falou. O atendente trouxe nosso chá servido num bule esférico de cerâmica.

Quando pagou nossa conta na confeitaria, Bárbara propôs caminharmos até o chafariz central do Parque da Redenção. Eu me ofereci pra carregar a sacola. Saímos pela José Bonifácio na direção do Monumento ao Expedicionário. E nós, Homem do Sonho, ela me perguntou cumprindo o papel de ser a pessoa que iniciava conversas que a outra pessoa não tinha coragem de iniciar. Tu tá num relacionamento com um cara legal, O que eu posso dizer que faça sentido diante duma situação dessas, perguntei. Não conseguimos desligar um do outro, Não é, ela observou. Temos nosso amor, eu disse. Nosso amor e nossa amizade, E isso é bonito, mas sei que tu tá te enganando, como já fez das outras vezes, imaginando que seria bom se a gente se reaproximasse, tentasse de novo, Concorda comigo, perguntou. Não sei, Bárbara, Talvez seja a crise dos cinquenta, eu disse. Acho que tu pode mais do que isso, ela disse, Tu sempre fala do meu amor por ti, Mas foi o teu amor por mim que me fez mais forte quando eu precisei, Federico, Foi o modo como tu sempre cuidou de mim que me tirou das roubadas em que a minha cabeça louca me colocou, É tu que não desiste, E isso é maravilhoso, Talvez seja eu que não esteja à altura dessa tua paixão, desse sofrimento por nós que tu elegeu como uma coisa valiosa, uma coisa que te nutre, Porque eu já tentei, Tu sabe, E sabe que não funcionou, ela disse. Estou melhor, eu disse. Escuta, Eu te amo mais do que amei qualquer outro cara, mas nosso tempo passou, Lá atrás eu te perdi e tu me reconquistou, E foi incrível, apesar da dor, Tu não tem a impressão de que se a gente tentar de novo não vai soar meio burrice demais da nossa parte, questionou. Não respondi. Estamos próximos um do outro, sempre vamos estar, E de vez em quando tu vai te meter em confusão e vai me procurar, ela disse. Pedir em casamento, eu disse. Ela riu. E vai ser bom, ela disse. É, eu disse. Porque a gente, eu e tu, nesta nossa distância e proximidade, a gente sempre vai estar desesperado, ela disse e pegou minha mão. Queria muito que a gente tivesse dado certo, disse me contendo diante da naturalidade aflitiva da confirmação daquele amor que nunca mais se emendaria. Mas a gente deu, Federico, É clichê dizer isto, mas a gente deu certo, Estamos aqui, agora, de mãos dadas, Com nossa amizade, Com nossa integridade, Com nosso amor, e fez eu largar a sacola no chão, e fez eu sorrir, e me beijou.

Depois de nos despedirmos, desmontado pelo modo violento e doce de Bárbara me dizer que não se sentia em condições de sofrer de novo nas minhas mãos, não a ponto de embarcar numa nova tentativa de reconstruir nossa relação, nossa intimidade, nossa feroz alegria, como ela qualificou em algum momento de algum de nossos períodos bons, uma relação que já tinha dado tudo o que tinha pra dar, caminhei do Parque da Redenção até a casa dos meus pais no Partenon, onde almoçaria com eles, Lourenço e Roberta.

Não foi nada fácil colocar a chave naquele portão e entrar naquele pátio. Eu sabia que meu pai, austero como ele só, não ia deixar de me bombardear com perguntas sobre a conduta da Roberta, sobre a arma, sobre o que fiz pra ajudar Lourenço e sobre o que deixei de fazer também. Pra minha sorte, Lourenço já tinha chegado, então, ele, o pai todo-poderoso, já tinha sabatinado o filho com quem ele pegava muito mais leve do que pegava comigo, e, em tese, não estaria tão disposto a comer meu fígado.

Já estavam à mesa. Roberta com a cabeça baixa, sem qualquer sinal visível de inclinação a martírio, obsessão, irresignação, raiva ou pavor emanando, nada do que Bárbara sugeriu. Depois dos cumprimentos familiares habituais, minha mãe me chamou pra ajudá-la a levar até a mesa as duas travessas, a de bacalhau com batatas e a de arroz branco com nozes, e também as duas tigelonas, a com salada verde e a com salada mista. Antes de almoçarmos rezamos o pai-nosso de mãos dadas. Meu pai, católico fervoroso que se tornara com o passar dos anos, abria o olho de vez em quando pra conferir se eu e Roberta estávamos ao menos mexendo os lábios, já que sabia que eu só performava o pai-nosso quando estava com eles, a pedido deles. Eu, Lourenço e Roberta aguardamos meus pais se servirem e depois nos servimos. Minha mãe deve ter doutrinado meu pai, porque ele estava contido. Quis saber do tempo em Brasília, quis saber como estava o basquete do Grêmio Náutico União nos rankings estadual e nacional, em momento algum se dirigiu à Roberta. Quando terminamos de almoçar, Roberta disse que ia pra sala assistir a um pouco de televisão, todos se olharam, ela odiava televisão, mas ninguém fez qualquer comentário. Minha mãe pediu pra ela fechar a porta do corredor pro som da sala não vazar pra copa. Roberta obedeceu. Meu pai olhou pra nós, disse que não queria saber da arma, de onde a guria, como costumava chamar Roberta, tinha tirado a arma, se a versão oficial de como ela acabou portando o revólver estava formatada com assessoria técnica do advogado, não ia ser ele que ia mudar, disse que queria saber o que nós dois tínhamos pra dizer sobre Roberta estar envolvida com atos de terrorismo. Meu irmão e eu nos olhamos. E ele disse que não havia possibilidade da filha ter cometido qualquer ato que pudesse ser ligado a terrorismo, disse que andou pesquisando e ficou entendendo melhor por que as brechas que tinham ficado na lei antiterrorismo brasileira, sancionada meses antes do novo governo tomar posse, deixavam espaço pra interpretações que permitiam o seu uso pra criminalizar movimentos sociais, enquadrar ativistas sociais, disse que até podia imaginar a margem que havia pra que, de alguma forma, alguém, de maneira maliciosa, tentasse acusar Roberta com base nela, mas que conhecia a sua filha e sabia que ela só estava interessada em protestar contra as injustiças, e olhou pra mim e depois pra nossa mãe. Então, me pegando de surpresa, e ao Lourenço muito mais, o meu pai perguntou o que tínhamos a dizer sobre o delegado Douglas Pederiva Setúbal. Meu irmão ficou em silêncio, eu fiquei em silêncio. Federico, meu pai disse me encarando daquele jeito que só ele me encarava. O que tem, pai, perguntei. Fala o que tem para falar, ele disse. Como é que tu soube, perguntei. Ainda tenho minhas conexões na polícia, tenho meus olhos e ouvidos na polícia, Não nas delegacias, Na verdade, só em algumas, Mas no Palácio da Polícia e na Academia de Polícia, e sorriu com candura, uma candura que jamais estaria no seu rosto trinta anos atrás, Ainda tenho vários olhos e ouvidos pra quando preciso, meu pai disse. Pra variar, não estou entendendo nada da conversa de vocês, Lourenço exclamou. Achei melhor explicar pra ele. Ontem, depois que saí da tua casa, Lô, fui até o Palácio da Polícia falar com o tal do Douglas, Fui perguntar o que ele queria com a Roberta, porque, fazendo uma busca pelo nome dele no Google, me dei conta de que ele é um velho conhecido meu, eu disse omitindo qualquer referência à briga em frente ao Leopoldina em mil novecentos e oitenta e quatro, informação que ia ser demasiada pra cabeça do meu pai, É um cara que tem um problema antigo comigo e que pode querer descontar na Roberta o ódio que tem de mim, eu falei. Esse é um dado novo, meu pai falou. O que aconteceu entre vocês, Lourenço perguntou. Não vale a pena detalhar, eu disse. Considerei também o fato de que falar da briga no Leopoldina era também invocar a lembrança da arma, o que não valia a pena. É um sujeito bastante seguro de si, pelo que pude levantar, meu pai disse. Não te preocupa com ele, pai, eu disse, Vou voltar pra Porto Alegre e. Tu vai voltar pra Porto Alegre, minha mãe, que estava acompanhando a conversa estrategicamente em silêncio, me interrompeu. Sim, mãe, Tô voltando, eu disse. Que bom, meu filho, o meu pai disse. Juro que também só tô sabendo agora, meu irmão disse olhando pros dois com expressão de não me culpem. Mas voltando ao delegado, meu pai não ia perder o fio da meada, não importava o quão em idade avançada estivesse, jamais ia perder o fio da meada, O problema dos que estão chegando e acham que são os novos reis do campinho é que eles ficam cegos em relação a algumas das regras do jogo e menosprezam os que, aparentemente, saíram de cena, Ele até pode tentar estragar a vida da Roberta, achar que é intocável e tudo mais, mas vocês dois sabem, e não olhou pra nós, olhou pra minha mãe, É difícil achar na polícia quem não tenha telhado de vidro, meu pai disse. Meu irmão e eu ficamos olhando pra ele, meio espantados, porque, com os anos, ele, que se tornou empresário em tempo integral, parecia ter perdido sua impetuosidade de polícia, mas pelo jeito não. Ele é do Moinhos de Vento, Daí já dá pra imaginar o que vem pela frente, eu disse. Tem sempre alguma diferença entre delegado de origem pobre e delegado de origem rica, meu pai falou me surpreendendo de novo, Os magnatas não conseguem se livrar da arrogância, da segurança excessiva, que é algo inerente à classe deles, ele disse. Uma vez camarote, sempre no camarote, Lourenço disparou. Pode soar estranho eu falar isso, mas aprendi muito mais sobre os ricos e, principalmente, sobre os brancos ricos me dedicando à segurança privada, instalando e gerenciando sistema de monitoração por vídeo, organizando escolta e proteção privada, coisas que geralmente os patrícios não podem pagar, do que na polícia, meu pai confessou. Imagino, Lourenço disse. Surpreso por meu pai distinguir negros de brancos, raras foram as vezes em que vi ele fazendo distinção entre negros e brancos, preferi não dizer nada. O medo que os brancos ricos e os brancos da classe média alta têm quando um homem negro é capturado pelas câmeras que instalamos batendo nas portas das suas casas é indescritível, Pode ser ao meio-dia, o homem negro pode estar bem vestido, Não faz diferença, Eles entram em pânico, Se tem coisa que essa minha empresa me ensina todos os dias é que os ricos estão ficando cada vez mais medrosos e covardes e, por isso, cada vez piores, Que a turma dos que acham os negros uma gente asquerosa só está aumentando, Que o racismo na cabeça dessa gente rica é coisa que não vai acabar tão cedo, Ingênuo de quem pensar o contrário, e me olhou, Por isso, até nem por causa do racismo, mas das vantagens de quem vem de onde vem, podemos, a princípio, esperar toda a arrogância da parte desse delegado, meu pai disse. O senhor acha, Lourenço perguntou. Dificilmente me engano, filho, meu pai disse. Estando aqui eu vou tornar a vida dele um inferno, eu disse. Tudo bem, Federico, Não vou discordar de ti, meu pai falou, Mas esse Douglas vai se perder pelos seus próprios atos, consigo farejar isso no ar, Mesmo nunca tendo me deparado com ele, posso pressentir que vai acontecer, meu pai disse. Não quero que ele se ferre por conta própria, pai, Eu quero ferrar com ele, E vai ser no jogo aberto, dentro das regras, Na denúncia do modo como ele age na tal da Inteligência e Assuntos Estratégicos da Polícia Civil, eu disse. Meu pai suspirou, olhou pra minha mãe, olhou pro meu irmão, não disse nada. Olhei na direção da porta do corredor que levava pra sala, pra me certificar de que estava mesmo fechada, e me aproximei dos três. Ele me disse que tem fortes indícios contra Roberta, sussurrei. Isso vamos ter que descobrir nos próximos dias, meu pai disse, Meu trabalho como perito sempre me fez suspeitar e esperar o pior dos outros, mesmo de quem eu conhecia e, algumas vezes, de quem eu gostava, já que peguei algumas vezes alguns colegas próximos tentando suprimir, alterar ou adulterar provas, Mas não consigo imaginar nada de ruim vindo da Roberta, pelo contrário, se minha neta tem coragem de lutar pelos outros não pode ser uma pessoa do mal, como vocês dizem, O que a polícia militar fez na desocupação daquele prédio foi desumano, frisou. E, me controlando pra não problematizar ainda mais em torno da situação da minha sobrinha, já que todos nós àquela mesa, mesmo nos mantendo firmes na aparência, ainda estávamos abalados por tudo que aconteceu, não pude deixar de notar naquela declaração do meu pai um cabal reconhecimento do esforço de quem se dedicava a defender os direitos sociais dos outros. Deixa Roberta aqui com a gente, Lô, Deixa aqui, que eu converso com ela, minha mãe disse. Não vai ser fácil, mãe, Lourenço disse. Verdade, mãe, eu disse. Saiam vocês dois, se referindo a mim e ao Lourenço, Vão tomar uma cerveja em algum lugar por aí, Depois que recolher a louça, o pai de vocês vai pro gabinete dele se distrair com a internet, não vai ser estorvo, E eu vou pegar os desenhos que estou separando para a próxima exposição, vou ali para a sala mostrar para ela e conversar com ela, minha mãe decretou e, no mesmo instante, levantou deixando claro que o nosso almoço familiar estava encerrado.

Fomos pro Baden Café, na esquina da Jerônimo de Ornelas com a Vieira de Castro, sentamos no lado de fora, de onde era possível ver a praça João Paulo Primeiro. Pedimos dois expressos. Contei pra Lourenço quem era de fato o delegado perseguidor da filha dele, relatei detalhes da conversa que tive com ele. Lourenço ficou bastante desconfortável quando expliquei que a condição dele pra não pegar pesado com Roberta era a gente entregar a cabeça do Anísio numa bandeja, disse que um arrombado daqueles devia ser o pior tipo de polícia, o tipo de capacho do patrão que estava mais preocupado em proteger vidraça de banco do que a vida e a dignidade de quem estava na merda e tentando sair da merda. Mesmo tendo todas as justificativas possíveis, aquele comentário soou estranho porque Lourenço, mesmo tendo flertado muito mais do que eu com o submundo do nosso bairro e sendo muito mais blindado do que eu ao estoicismo do nosso pai, não era de falar mal de policial, mal da polícia, não abertamente, não de maneira enfática. Perguntou mais sobre o Douglas. Depois que suas perguntas acabaram e minhas respostas também, pedi que ele me contasse onde o Anísio estava. Ele disse não ter certeza se procurar Anísio era boa ideia. Eu insisti. Ele disse que precisava pensar. Respeitei, não fiz mais pergunta alguma sobre o seu amigo. Pedimos uma cerveja artesanal. Falamos sobre a loucura que ia ser o meu retorno pra Porto Alegre, a chatice que ia ser procurar apartamento pra alugar, providenciar mudança, cumprir as burocracias de transferência da sede na minha ONG. Contei pra ele que durante o almoço na casa dos nossos pais me veio à cabeça a ideia de começar um projeto com Roberta, um projeto voltado pra promoção de pesquisa de resgate e cursos sobre a história política dos negros no Brasil e também pra atividades de formação política direcionadas pra jovens negros da Zona Leste da cidade, colocá-la pra gerenciá-lo. Ele disse que ficaria muito agradecido se eu desse aquela chance pra filha dele, disse que ela ia ganhar muito com uma experiência daquele tipo. Eu disse que se tinha alguém que ia ganhar ia ser eu, disse que era muito possível que Brasília já não estivesse mais me fazendo bem, que estava me sentindo estranho, que ter ido pra Porto Alegre pra enfrentar toda aquela situação tinha me ajudado a compreender o quanto eu estava deslocado no quadro da vida, confessei que estava sendo brutal pra mim olhar pra trás e perceber quão pouca diferença tudo o que realizei fez, que, no cômputo geral dos meus quase cinquenta anos, eu estava começando a me sentir mal com a solidez da minha mediocridade, com a minha incapacidade de, apesar dos anos de ativismo, ter gerado uma única ideia iluminada, salvadora, uma única ideia verdadeiramente transformadora, perceber que fiquei girando em torno do óbvio-necessário, enxugando gelo, como dizia o meu pai. Lourenço me disse que eu estava mandando muito bem no drama queen, que a estatueta chegaria pelo correio em quinze dias e riu, depois disse que era inevitável, que um dia a consciência de tudo ia chegar, disse que eu não devia pensar demais, que a idade já devia ter me ensinado que algumas vezes o melhor era não pensar demais. Eu disse que o meu radar já não captava certas coisas, certos comportamentos, certos conflitos, disse que estava perdendo o jeito. Ele riu, disse que perder algumas ilusões sobre nós mesmos fazia parte do andar da carroça, que eu devia aceitar o andar da carroça. Eu disse que quando crescesse ia querer ser que nem ele, ia aprender a copiar aquela porcaria de serenidade infalível dele. Ele riu e disse que pra algo daquele tipo acontecer eu ia ter de nascer de novo.

O atendente trouxe a segunda garrafa de cerveja. Te lembra daquela vez que tu insistiu pra eu te acompanhar naquela reunião com lideranças do movimento negro que queriam processar aquele radialista aqui de Porto Alegre, que contou no ar uma piada racista chamando aquela deputada federal do PT do Rio de Janeiro de macaca, Lourenço perguntou. Lembro, claro, foi logo depois das eleições, Se não fosse aquele advogadinho da Câmara de Vereadores ter convencido a maioria a desistir da ação e apostar numa campanha de boicote à rádio, aquele cretino já estaria condenado e talvez fora do mercado até hoje, eu disse. Então, Derico, naquela reunião, fiquei olhando praquele povo e me perguntando por que, diferente de ti, eu sentia que não tinha nada a ver com a postura deles, com a causa deles, com eles, com as verdades deles, fiquei pensando, já que aquela foi a primeira vez que eu tava participando duma reunião daquele tipo, que aquela guerra, aquela efervescência nas falas deles, não tinha nada a ver comigo, Lourenço disse. Colocaram um aplicativo em mim que não colocaram em ti, provoquei enquanto servia a cerveja no copo dele e depois no meu. Ou o contrário, ele retrucou. Eu ri. Sabe, Federico, Neste verão eu participei dum curso de cinco dias sobre genética e desempenho esportivo, e nesse curso teve um módulo sobre epigenética e herança epigenética, que é uma área que tem a ver com transmissão de experiências ocorridas com os pais ou com os avós pros filhos, pros netos, Uma transmissão que não acontece pelo DNA, mas por causas periféricas ao DNA, causas que a ciência ainda tá investigando, ele disse. É aquela história dos pais que, tendo sido submetidos a um tipo de tratamento desumano, geraram filhos com medo extremo do que quer que tivesse alguma relação com aquele tratamento desumano, Sons, objetos, cores, odores, É isso, perguntei. É, mais ou menos isso, ele disse. E daí, perguntei. Daí que eu acho que se isso for verdade, se liga, tu deve ter herdado algum tipo de dor dos nossos antepassados escravizados, Uma dor que eu não herdei, ele disse. Sei lá, eu disse. Tu tem essa necessidade de demarcar terreno o tempo todo, Isso te estressa, Minha visão da vida é outra, Minhas armas são outras, Eu tiro onda com a cara dos racistas que cruzam o meu caminho, ele disse. Nunca tive essa capacidade, eu disse. Tu sempre precisou te sobrepor, Onde quer que tu estivesse, tu sempre precisou dominar, É da tua natureza, mano, Uma necessidade inata, e riu. Forçou, eu disse e ri. Acho improvável, ele disse rindo. Era bom vê-lo relaxado. Tive minhas ambições, É verdade, Tu teve as tuas, Todo mundo tem, eu disse. Compreendo, ele disse. Na real, acho que não tenho mais fôlego pros grandes projetos, pros grandes planos, eu disse. Este é um ponto, ele disse, Tu sempre foi dos grandes projetos, observou. E fora isso ando com a sensação de que a onda das grandes ações, das grandes campanhas, acabou, eu disse. É, parece que os próximos anos não vão ser muito amigos dos grandes projetos, das grandes intervenções altruístas aqui no Brasil, Essa crise tá batendo brabo, ele disse. Tem um fim de ciclo se anunciando por aí, eu disse. Pra ti deve ser complicado aceitar, ele disse. Fiquei em silêncio. Não tava bom antes, Não tá bom agora, não é, ele perguntou. Continuei em silêncio olhando pro meu copo de cerveja. Ficamos em silêncio por uns bons segundos. Depois eu comentei o quanto aquela cerveja estava boa. E balançando a cabeça ele concordou.

Lourenço me deixou na Felipe Camarão, no Lipe Bar, onde eu disse pra ele que, se tivesse a sorte de encontrar uma mesa livre na calçada, ia fazer uma parada pra tomar duas ou três saideiras que, lá pelas oito, oito e meia da noite, reinicializassem o meu ser pra depois ir a pé até o hotel, me atirar na cama, apagar de vez, e só sair do meu quarto na segunda-feira. Tinha duas mesas livres. Me sentei numa delas, pedi uma Original seiscentos mililitros, peguei o celular, abri o WhatsApp, mandei uma mensagem pra Micheliny dizendo que precisava falar com ela na primeira hora da segunda-feira e que, se não fosse possível ela me atender na primeira hora, me dissesse qual o melhor horário pra eu ligar. Terminei a cerveja em menos de quinze minutos, era o problema de beber sozinho, eu bebia rápido demais.

Nem vinte minutos depois d'eu ter enviado a mensagem, Micheliny me ligou. Oi, Federico, Pode falar, perguntou. Posso, e você pode, perguntei. Posso, ela respondeu, Fiquei um pouco preocupada com esse seu pedido de conversar comigo na primeira hora da segunda-

-feira, Decidi ligar, Posso ajudar, perguntou. Vou sair da comissão, Micheliny, Sinto muito, Mas tenho coisas bem sérias pra resolver aqui em Porto Alegre, Vou ter de ficar direto por aqui mais umas semanas, Sei que não vou mais conseguir me dedicar à comissão como você e os outros esperam que eu me dedique, eu disse. O que eu posso falar diante de uma informação dessas, perguntou, Lamento muito, Federico, De certa forma, você é o mais experiente de nós, A comissão perderá muito com a sua saída, É o que eu posso lhe dizer, registrou. Para muita gente esta comissão é um elefante na sala, Micheliny, Uma iniciativa que tá fadada ao fracasso, Ainda assim tenho alguma esperança, Sei que você não vai deixar que usem o nosso trabalho pra minar a política de cotas raciais na educação, Pude perceber que você teve uma formação política sólida, Não sei em que direção as leituras que você fez no passado te levaram, E não me importa, Sei que isso de você ser funcionária de carreira do ministério e estar ocupando função de assessora direta dos ministros do novo governo não significa que tenha aderido às intenções do novo governo, Sou um cético, um descontente, mas nunca perdi a capacidade de identificar e torcer por quem se preocupa e, mesmo na adversidade, se dedica aos que realmente precisam, torcer por pessoas como você, pessoas que enfrentam o que precisa ser enfrentado, eu disse sendo um pouco condescendente e não conseguindo encontrar outra forma de falar com ela que não fosse pelo caminho onde houvesse alguma condescendência. Bom escutar isso, ela falou. No fim das contas, essa comissão me surpreendeu, eu disse. A mim também, ela disse, Desde que vim pra Brasília, depois de ter passado no concurso em dois mil e dez, eu nunca mais tinha refletido sobre certas questões, tinha abandonado a militância por igualdade racial, que iniciei no tempo da faculdade, porque em algum momento me dei conta de que tinha muito negro que não se ajudava, que não queria enxergar e não queria mudança, me dei conta de que era muito frustrante ficar brigando por quem não queria se ajudar, abandonei a luta mesmo sabendo que não era bem assim a história de não se ajudar, fui cuidar da minha vida, A comissão me ajudou a resgatar minhas reflexões, Me fez restabelecer algumas ligações pessoais que estavam negligenciadas, Até me encorajou a parar de alisar o cabelo, Meu cabelo tipo quatro C, Também atenuou mais um pouco a minha culpa crônica, essa culpa onipresente, culpa que eu tenho e que, eu acho, quase todas as pessoas retintas como eu neste país acabam tendo, só não falam, Como li uma vez em algum lugar, uma incontrolável vergonha de si mesmas, uma fratura, A comissão e as pessoas da comissão têm me ajudado a voltar a refletir sobre minha identidade hoje, E sou grata a todos por isso, ela disse, O dia a dia do funcionalismo nos aliena de uma forma muito violenta, nos deixa covardes, ela disse. Pretendo escrever um texto analisando o papel da comissão, apontando algumas propostas, Espero que você me permita, eu disse interrompendo o momento-epifania dela. Um texto, ela perguntou. Sim, um texto dumas dez laudas, no máximo, eu disse. Tenho certeza de que será uma contribuição importante, Farei o possível para aproveitá-lo nos nossos trabalhos da comissão, ela disse. Obrigado, eu disse. A propósito, Quero colocar em discussão aquela sua proposta de inserir nos calendários escolares reflexões mensais ou bimensais sobre a escravatura e o holocausto indígena, Essa é uma das questões que, penso, podemos bancar, Acho que, como você disse, a comissão vai fracassar, mas não como alguns talvez estejam esperando, ela disse. Torço por isso, Que a comissão não fracasse como os agentes do mal esperam, eu disse e ri. Sei o quanto algumas chefias torcem pra que eu fracasse como coordenadora do nosso grupo de trabalhos, Micheliny disse. Pretos não podem errar, eu disse. É o que falam por aí, ela disse e riu.

Estava na quarta cerveja quando, em meio a algumas mensagens de grupos do WhatsApp, recebi mensagem do Ruy, o Ruy da comissão, abri. Ele queria saber como eu estava, disse que Micheliny tinha acabado de comunicar pra ele que eu ia sair da comissão, pediu que eu reconsiderasse, garantiu que podia arranjar uma forma d'eu participar dos encontros pela internet, disse que acreditava que nós dois podíamos fazer um belo trabalho, nós que éramos os dois mais velhos do grupo, disse que seria um prazer conversar comigo antes da segunda-feira, pediu que eu desse uma chance pra ele me convencer. Depois, talvez intuindo que, tendo lido sua mensagem, eu não responderia, não enviou mais nada.

Não devia ter pedido a quinta cerveja, mas pedi.

Sentado àquela mesa de bar, exposto à eletricidade da noite do Bom Fim, à familiaridade cortante do Bom Fim, sozinho, senti o peso do primeiro dia do meu retorno definitivo a Porto Alegre. Incerto quanto à minha capacidade de acrescentar algo ao que já tinha dito pela manhã pra Andiara, algo que fosse além da barreira afetiva que não removi, mas que já devia ter removido, peguei o celular, liguei pra ela, pedi que viesse. E ela disse que tinha acabado de comprar a passagem de ida pra Porto Alegre pra dali a nove dias, disse que estava feliz e disse que sentia amor por mim.

Dez da noite. A sexta cerveja aberta sobre o tampo da mesa estava quase intocada. Lourenço surgiu na minha frente, falou que tinha ido até o hotel e que, ao ser informado na recepção que eu ainda não tinha retornado, não teve dúvida de voltar ao Lipe Bar pra ver se eu, o novo morador deslocadão da cidade, continuava lá derrubando ceva atrás de ceva, açoitando o fígado, anestesiando a alma. Aquela sua chegada, o modo como ele chegou, me deixou um pouco irritado. Perguntei por que ele não me ligou. Ele pediu um copo pro atendente e sentou, disse que tinha decidido me levar até o Anísio, que Roberta ia conosco, que tinha contado pra ela tudo o que ela precisava saber sobre a arma, que se ela queria ser adulta não ia ser ele que ia impedi-la de se tornar adulta. Falei que eu precisava ver o Anísio, que não era pra denunciá-lo, só queria ver o cara, queria tentar dar um jeito de deixar o que tinha acontecido naquela noite pra trás. Lourenço disse que sabia o que eu queria, disse que estava comigo, deu um tapinha no meu ombro e explicou que não falou comigo pelo telefone foi por não estar a fim de dar nenhum mole pro delegado, que se ele era astuto de verdade nada ia garantir que nossos celulares não estivessem grampeados, sendo monitorados, disse que tinha ido até a casa do Augusto pra perguntar se tinha alguma possibilidade de sermos seguidos pela polícia civil ou detectados por câmeras de vigilância instaladas em locais públicos, e que ele, Augusto, garantiu que, numa polícia em crise orçamentária como a do Rio Grande do Sul, não tinha a menor possibilidade daquilo acontecer, que, por mais obcecado por nós que o delegado estivesse, não ia conseguir recursos pra mobilizar uma equipe pra nos seguir vinte e quatro horas por dia, explicou que o problema eram os celulares e os computadores, mas principalmente os celulares, que grampear e monitorar celulares não era algo muito complicado de fazer, e que por aquele motivo se eu quisesse mesmo que ele, Lourenço, me levasse até Anísio, eu ia ter de deixar meu celular, junto com os celulares dele e da Roberta, na casa dele, que era pra onde a gente ia depois que acabasse aquela cerveja, recolhesse minhas coisas no hotel e fizesse o check-out, porque, a partir daquela noite, eu ia ficar na casa dele, e disse que pegaríamos a estrada antes das oito da manhã. Perguntei como faríamos sem celular. Ele informou que tinha acabado de comprar no shopping um aparelho pré-pago e um chip prum caso de emergência, que deixaria o número com a nossa mãe, que não seria possível que o celular da nossa mãe estivesse grampeado. Achei melhor não insistir, não questionar aquele excesso de precaução. Tomou sozinho a cerveja da garrafa. Pensei no que Bárbara me disse, não uma, mas várias vezes, sobre eu ter dificuldade em ver defeitos no meu irmão, pensei que talvez tivesse chegado o momento d'eu amadurecer na nossa relação, na nossa redoma invisível impermeável, momento de enxergá-lo fora das minhas grandes cruzadas, tirá-lo das minhas cruzadas. Quando ele terminou, eu levantei. Paguei a conta e, quando voltei pra calçada, ele já estava com a caminhonete parada na frente do bar.

Solta a bolsa leva-tudo na mesa dum jeito que não evita o baque seco contra a madeira do tampo, por causa do seu velho revólver quarenta e quatro cano curto dentro dela, pergunta se é café passado ou Nescafé o que estou bebendo. Respondo que é um Diana feito na cafeteira elétrica. Quer saber se tem bastante. Falo que sim e que ficou do jeito que ele gosta, forte como ele gosta. Pendura o blazer no espaldar da cadeira ao lado da cadeira onde estou, larga um então eu vou pegar carona no teu café e segue pra cozinha pra se servir. Chegou tarde essa noite, projeto a voz pra ter certeza de que vai me escutar. Duas da madrugada, responde. Coisa grande, pergunto. Quatro mortes em uma mesma ocorrência, responde. Quatro mortes do tipo chacina, pergunto. Da cozinha não vem resposta, apenas o abrir e fechar das portas dos armários. Ele retorna à copa segurando sua caneca preferida com café servido até a borda e um prato com uma pilha de bolachas Isabela água e sal, larga a caneca e o prato próximos à bolsa, não senta. Quatro corpos amarrados com fio de telefone em cadeiras parecidas com essas aqui de casa, Quatro tiros de trinta e oito, um tiro em cada nuca, Ou seja, Execução, ele diz. Já sabem quem são os quatro, pergunto. Sim, Dois chefes do tráfico de Sapucaia, a prostitutazinha de um deles e um comissário de polícia, Um veterano da delegacia de São Leopoldo, que, até onde se sabe, era um sujeito honesto, diz, e senta à mesa no lado oposto ao que estou, puxa o prato e a caneca mais pra perto, fica me encarando do jeito que costuma me encarar quando conversamos sem a presença da minha mãe e do meu irmão por perto, do mesmo jeito quando, oito anos atrás, duas semanas depois da CRT instalar o tão esperado telefone de linha na nossa casa, ele me disse algo como a partir de hoje, sempre que o telefone tocar, antes das empregadas, das faxineiras, antes do teu irmão e até antes da tua mãe, é tu que vai atender, depois esperou que eu, do alto dos meus nove anos, processasse o seu comando pra em seguida detalhar o que eu devia responder, como responder, e justificar a razão de tudo aquilo, argumentando que um técnico--perito da polícia que participava de interrogatórios, diligências, empunhava arma, testemunhava em audiências de acusação, em sessões do júri, que não se escondia atrás da papelada, era tão odiado e visado pelos vagabundos quanto os outros colegas da polícia que davam a cara a tapa sem se intimidar. E, nos anos seguintes àquela conversa, por três vezes, eu atendi ao telefone e ouvi do outro lado da linha vozes desconhecidas ameaçando nossa família, perguntando se eu era o Federico ou o Lourenço, dizendo saber onde ficava nossa escola e pedindo pra eu avisar meu pai que não seria problema algum apanhar a gente depois da aula e levar pra passear. Onde foi que encontraram os corpos, pergunto. Num galpão no fundo de um terreno abandonado na zona rural de Esteio, diz. Chances de descobrir quem fez, indago. Já temos dois suspeitos, E uma equipe na captura deles, e, todo cauteloso, mas sem pedir licença, pega o jornal das minhas mãos, separa as páginas policiais e me devolve o resto. Não dá pra matar um polícia da civil e se safar, Né, provoco. Tem umas regras que não podem não ser seguidas, ele devolve. Regras sem exceção, e fico esperando ele retrucar ou, como habitualmente faz, assegurar que não importa se o policial errou ou tem culpa no cartório, que descobrir os autores do ataque é o que importa pra polícia como um todo. Ele não retruca, dispara apenas o categórico vamos resolver tudo hoje, de hoje não passa, dá dois goles no café e se concentra nas notícias da seção policial. A determinação dele, tão grande quanto a sua preocupação com o não cometer erros, é inatingível pra mim, como inatingível também é a sua raiva, a raiva que é um tipo de superpoder dele, um tipo de combustível aditivado que nunca se esgota. De onde ele tira essa raiva, é a pergunta que não deixo de me fazer. Quando acaba de tomar o café, já tendo encerrado a leitura do jornal, pergunta se hoje não é o dia d'eu me apresentar pra seleção do serviço militar. Balanço a cabeça, aponto a pasta de aba com fecho elástico sobre o tampo do aparador atrás dele, falo que dentro dela está o certificado de alistamento e que vou me apresentar no quartel às nove. Pega a última bolacha que sobrou no prato, quebra em metades, comenta que está torcendo por mim, enfatiza que servir é uma oportunidade única do homem jovem se autocompreender, amadurecer, se tornar homem de verdade. Replico dizendo que viver a vida de milico por um ano, com certeza, vai me ajudar muito a me compreender melhor. Sem captar minha ironia, ele diz que conviver com outros de mais malícia e mais espertéza vai ser uma boa experiência pra mim, vai me dar mais segurança. Não quero nada com milico, pai, digo num tom que destoa do tom que eu costumo usar pra falar com ele. O governo é dos militares, Federico, O general-presidente é o homem que manda no Brasil, É burrice menosprezar o poder deles, E tem o CPOR, Um oficial é sempre um oficial, não importa se é da reserva, Lá tu pode fazer contatos, ter acesso a conhecimentos privilegiados, informações, Não preciso te dizer que nada acontece neste país sem que os militares queiram, Nada acontece se não for da maneira deles, e leva uma das metades da bolacha à boca. Quero ficar longe da maneira deles, pai, e faço sinal de aspas com os dedos quando pronuncio maneira deles. Tu é igual à tua mãe, tem dificuldade de lidar com a realidade, Acha que o melhor é passar ao largo, O mundo não é do jeito que vocês acham que ele tem que ser, Federico, Não dá para virar as costas para a realidade, sinto te informar, assevera. Um dia os milicos vão sair, o senhor sabe que eles vão, e, espero com todas as minhas forças, vão pagar por todas as coisas que fizeram e ainda estão fazendo de ruim, e tento me controlar porque sei que ele, até aquele momento, está tolerando minha agressividade como normalmente não toleraria. Tu segue pensando com a cabeça dos teus professores do colégio, Está na hora de crescer, Na hora de começar a pensar deixando um pouco de lado a teoria, Não deixa o canto da sereia te atrapalhar, fala. Penso em jogar na cara dele que, por ser da polícia civil, ele obedece ordens de milico, ordens que chegam pela boca dos seus superiores da chefatura da polícia civil, mas que, na verdade, são ordens de milico, que ele faz parte de tudo o que, tardiamente, eu, junto com a maioria dos adolescentes da minha geração, começo a compreender e começo a desprezar, penso, mas não faço, não jogo, não falo, seria um erro da minha parte, uma covardia imperdoável da minha parte. Tu acredita em Papai Noel, filho, Isso me intranquiliza, completa. Pai, digo abrindo o jogo, dando corda pro confronto que ele pediu, Na semana passada liguei pro teu amigo Damásio, perguntei se ele tinha um espaço na agenda pra me receber lá no quartel-general do Comando Militar do Sul, porque eu precisava pedir um conselho e, se fosse possível, uma ajuda, E dois dias depois fui até o gabinete dele, Ele me recebeu, bastante gentil como sempre, Contei isso d'eu estar cursando o segundo semestre da faculdade, Falei que servir o Exército era importante, mas ia atrasar os meus estudos, E perguntei se tinha um modo dele impedir d'eu ser selecionado, Ele perguntou se eu não tinha interesse no CPOR, Expliquei que eu não ia ter como frequentar todas as disciplinas oferecidas no programa normal do curso se servisse o CPOR, Ele não esperou mais nem um minuto, Me deu um cartão azul, Disse pra eu apresentar pra quem estiver no comando depois que eu terminar a avaliação física, concluo. Meu pai faz cara de quem não gostou do que eu disse. Eu sei que não devia ter procurado ele sem avisar o senhor, Mas agora tá feito, assumo. O cartão está naquela pasta, ele questiona olhando pra pasta sobre o aparador. Tá na minha carteira, respondo. Quero ver, diz. Tiro a carteira do bolso da calça, abro, tiro o cartão, entrego na sua mão, ele examina desconfiado, fico aguardando sua reação. Esta assinatura não é a do Damásio, diz segurando na altura dos olhos o cartão azul-celeste do tipo cartolina em formato cartão de visita com um código anotado à mão, uma carimbada em tinta vermelha meio fraca, carimbada que não consegui decifrar mesmo depois de chegar em casa e analisá-la com atenção, e uma assinatura espiralada com um traço centralizado cruzando da esquerda para a direita. Não faço ideia de quem ela seja, digo. Tu contou pra ele qual faculdade está fazendo, pergunta. Sim, tive de contar, respondo. E como ele reagiu, meu pai pergunta sabendo que, por ser major do Exército envolvido com tomadas de decisões que, em maior ou menor grau, afetam a vida política e as liberdades das pessoas em Porto Alegre, no Rio Grande do Sul, no país, o seu amigo Damásio não destoa dos seus colegas oficiais das Forças Armadas que têm restrições em relação a estudantes de Ciências Sociais. Ele disse que era bom constatar que o filho da Célia e do Ênio já era um adulto e sabia o que queria da vida, falo. O que mais aconteceu, pergunta. Nada mais de importante aconteceu, respondo. Sem desfazer a expressão de completo desagrado estampada no rosto, ele me devolve o cartão, pega a segunda metade da bolacha do prato, leva à boca. Obrigado, pai, Obrigado por não rasgar o cartão ou mandar eu devolver ele, Sei que errei não te avisando que ia procurar o teu amigo, admito. Teu irmão está sabendo desse cartão, pergunta. Não contei pra ele, respondo. Não gostei do que tu fez, Amarelo, Não vou dizer mais nada sobre esse assunto, e levanta, pega o blazer, veste, pega a caneca e o prato, leva até a cozinha, lava, seca, guarda no armário, volta com a expressão Charles Bronson *Desejo de Matar Dois* atenuada, pousa a mão no meu ombro, diz pra eu não falar do cartão pro Lourenço e me comunica que, quando chegar a vez do meu irmão servir, e ele, o meu irmão, não quiser servir, é pra eu me oferecer pra ajudar ele a não ser selecionado, é pra eu usar as minhas habilidades de bom estrategista manipulador do sistema pra encontrar um jeito de livrar o meu irmão, e que eu estava proibido de procurar o Damásio de novo, que se eu procurasse o Damásio ou qualquer outro amigo dele do Exército nós dois íamos conversar. Digo que sei o que estou fazendo. Ele pega a bolsa, parece não ter escutado o que acabei de falar, sai na direção do corredor que leva à escada por onde se chega à garagem ampla pra dois carros, a garagem da sua casa de classe média, classe média alta pros padrões do Partenon, possivelmente a maior e mais bem cuidada casa da rua, da rua onde a nossa família é a única família negra, rua destoante de centenas de outras ruas do Partenon, onde a proporção entre famílias negras e brancas é inversa. Tensionado pela suspeita de que sou parte minúscula das suas preocupações, da sua guerra, fico à mesa observando o meu pai se afastar, ele que sempre deixou bem claro, pra mim e pro meu irmão, que se enxerga como um homem que não é melhor nem pior do que os outros homens, carregando sua raiva e o seu propósito de não cometer erros, de nunca cometer erro algum.

Roberta dormiu, perguntei olhando pelo espelho retrovisor pro banco de trás. Dormiu, Lourenço respondeu, Ficou até bem tarde escrevendo sobre a experiência da detenção, disse que vai tentar mandar pra alguma revista ou jornal, ele disse. A guria não se mixa, falei imaginando o que de novo e surpreendente ela ainda ia nos trazer. Acho que vamos ter uma jornalista na família, ele observou. Balancei a cabeça concordando, e então aproveitei e contei pra ele o que aconteceu naquela manhã de mil novecentos e oitenta e quatro no Regimento Osório do Partenon. Lourenço escutou sério o relato, depois falou que tudo finalmente se encaixava na cabeça dele, porque nunca tinha me visto tão transtornado na vida como daquela vez na frente do Leopoldina Juvenil. Dei uns minutos e falei que, apesar de toda minha indignação com o idiota do sargento e comigo mesmo por não ter feito nada enquanto ele constrangia os doze rapazes negros, acabei entregando pro tenente um cartão que o Damásio, o major amigo do nosso pai, tinha me dado pra não precisar servir, revelei que ter entregado o cartão fez eu me sentir, depois que cheguei em casa e fui pro meu quarto, um verdadeiro merda. Ele me olhou e riu, disse que se tinha uma coisa que eu não era, mas não era mesmo, era um merda, reclinou o banco do carona, avisou que ia cochilar um pouco, disse que o Anísio ia gostar de nos rever, que esperava que Roberta se desse bem com as filhas dele, e ajeitou os óculos de sol no rosto, aumentou um pouco a temperatura do ar condicionado, largou um me acorda se precisar de alguma coisa, irmãozão, cruzou os braços e me deixou dirigindo sua caminhonete, a sessenta quilômetros por hora, que era o limite de velocidade quando se cruzava a Estação Ecológica do Taim, espremida entre a lagoa Mirim e o oceano Atlântico, pegando de frente as rajadas do vento minuano, na direção de Santa Vitória do Palmar e depois na direção do Uruguai.

Meu agradecimento pelas leituras feitas por Danichi Hausen Mizoguchi, Daniele John, Emílio Domingos, Jeferson Tenório, Luiz Heron da Silva, Nicole Witt e sua equipe em Frankfurt, Paula Goldmeier, Paulo Leivas e Stefan Tobler. Minha gratidão especial ao meu editor Marcelo Ferroni e sua equipe, também a Claire Williams e Paulo Lins pelos textos da orelha. Penso que é importante dizer que eu não teria terminado este livro sem o apoio incondicional de Morgana Kretzmann, que tem sido a primeira leitora de quase toda a prosa que venho escrevendo nos últimos anos, e o apoio dos meus pais, Marlene e Elói, e do meu irmão, André. Oportuno e necessário informar que o desembargador federal mencionado pelo protagonista no terceiro capítulo do livro é o notável magistrado gaúcho Roger Raupp Rios. Aos que não são de Porto Alegre, esclareço que Partenon é um bairro ocupado, na sua maior parte, por pessoas negras, é o lugar onde me criei, onde residi até os vinte e dois anos e de onde — apesar de ter morado em outros bairros daquela cidade, em outras cidades do Brasil e do exterior —, de muitas formas, eu nunca saí. A história aqui narrada é uma peça de ficção; as personagens que dela participam não passam de perfis inventados, os cenários e fatos configurados e reconfigurados não passam de elementos ficcionais.

1ª EDIÇÃO [2019] 5 reimpressões

ESTA OBRA FOI COMPOSTA PELA ABREU'S SYSTEM EM ADOBE GARAMOND
E IMPRESSA EM OFSETE PELA LIS GRÁFICA SOBRE PAPEL PÓLEN BOLD
DA SUZANO S.A. PARA A EDITORA SCHWARCZ EM MAIO DE 2022.

A marca FSC® é a garantia de que a madeira utilizada na fabricação do papel deste livro provém de florestas que foram gerenciadas de maneira ambientalmente correta, socialmente justa e economicamente viável, além de outras fontes de origem controlada.